À ceux qui ont tout perdu

AVRIL BÉNARD

À ceux qui ont tout perdu

ROMAN

Présentation de
Sylvie Germain

J'AI LU

Présentation

Un texte concis, un style sobre, comme est bref le temps du récit condensé en une heure, et limité le lieu de l'action concentré dans un immeuble. Tout se joue dans une abrupte trouée du temps. Une trouée de stupeur et d'effroi, telle que les guerres en sèment. Tout : le basculement de la vie de gens ordinaires brutalement arrachés à leur habitation, leurs habitudes, leurs biens, leur mémoire matérielle, forcés d'empaqueter en hâte dans un unique bagage l'essentiel des choses qu'ils veulent, peuvent, emporter. Des petits riens érigés en trésors, des lambeaux sacrés du passé. Récit intemporel et cependant d'une brûlante actualité, celui du dépouillement aussi soudain que radical de civils évacués de toute urgence de leur ville assiégée. Avril Bénard se penche avec une grande finesse d'attention sur ce temps suspendu où « l'âme » des objets, parfois insignifiants, se dilate à l'instant de la séparation et éclaire en chacun des personnages sa part de fragilité, de poésie ou de prosaïsme, de bonté ou de dureté ; sa part d'humanité.

Sylvie Germain

Peut-être faisait-il partie
d'une famille humaine
plus ancienne et plus simple,
celle des bâtisseurs de mythes.

Thomas WOLFE, *L'ange exilé*.

Je

Je suis né en 1986. Et c'est le bonheur qu'on nous avait promis.

Ces décennies-là, c'était la fête de l'Occident. C'était clinquant jusqu'aux lobes des oreilles. C'était démesuré d'optimisme. On pouvait tout rêver, on pouvait tout acheter, on pouvait tout vouloir. On croyait tout prévoir.

Il s'en passait de l'horreur, mais elle n'était que dans la télévision, et on mangeait devant. On nous donnait bonne conscience à nous les petits gosses en nous faisant envoyer du riz par avion vers les famines décharnées. Et puis ça permettait de nous éduquer un peu. On nous disait de finir notre assiette : « Pense aux enfants africains qui meurent de faim. » L'horreur était utile. Somalie, Ouganda, Koweït, Tchernobyl, c'était des noms imprononçables, des noms exotiques qu'on entendait aux infos et puis qu'on oubliait. Et c'était tout. C'était loin. Trop loin pour qu'on s'en soucie. Aussi loin que possible.

Ils ont cru bien faire pourtant nos parents. Ils y ont cru à leur bonheur et ils nous ont enfermés dedans. Et on ne va pas se plaindre, c'était confortable. Ils voulaient nous préserver de la méchanceté de la souffrance. Ils pensaient sans doute que notre joie serait imprenable, qu'elle ne tomberait jamais sous les coups de l'Histoire.

Ceux qui avaient vécu leur enfance dans ces années toutes roses, je le voyais sur leurs visages. Je voyais l'ombre du désenchantement. Je voyais qu'ils étaient déçus comme moi. On se reconnaissait sans rien dire. Tous, nous avions une inconsolable mélancolie à ce qu'on nous ait menti. Ça nous collait comme du sucre. On était même capricieux devant les merdes du quotidien, on ne savait pas les gérer. On avait grandi dans une telle insouciance... Sans le souci de se renforcer. On pensait que rien ne nous arriverait de grave.

Ça avait donné de jeunes adultes fragiles comme des oiseaux. Crédules comme des agneaux. On nous aurait donné le bon Dieu sans confession, sauf qu'on ne croyait pas en Dieu. On avait cru en l'avenir. Mais on ne savait plus comment l'imaginer.

Notre monde nous échappait. On s'entêtait à la sourde oreille. On s'étourdissait d'idéalisme. La philosophie de comptoir permettait de supporter nos dépits et nos médiocrités. On souriait plus que de raison. On avait encore la nostalgie de la fable. On aurait voulu qu'on nous prenne dans des bras et qu'on nous dise que tout irait bien, encore. On regrettait les illusions qui nous avaient aveuglés comme un soleil.

Et là, maintenant, dans ce foutoir qu'on n'avait pas vu venir, c'est le passé qu'on ne parvient plus à se figurer.

C'est la guerre. Quelque part. Partout. Ici. N'importe quelle guerre.

On croit toujours ça : les horreurs n'auront pas lieu chez nous. On se croit invincibles et préservés des ravages, bien à l'abri comme dans les combles des montagnes.

Les premiers temps, rien dans nos vies n'aurait pu laisser croire que cela basculait. On vivait normalement. Sans se rendre compte de ce qui s'installait. Les conversations de quartier s'inquiétaient un peu des événements, de ces événements isolés qui n'avaient pas encore de liant, mais comme on s'inquiète de nuages, ou plutôt d'un orage, comme d'une chose qui arrive peut-être, et puis peut-être pas, et à laquelle on ne peut rien et qui passera très vite. Comme d'une chose éloignée et sans conséquence. Nos rencontres s'achevaient par des banalités : « Comment va votre père ? Comme il fait froid aujourd'hui. Dites bonjour à la petite. » Tout paraissait n'avoir pas vacillé.

Seulement, lorsqu'un son se faisait violent dans la rue, d'une porte qui claquait soudainement, d'une charge qui tombait, d'une voiture qui passait en trombe, il y avait un tressaillement des corps, cette légère convulsion d'une crainte prête à courir, à part soi, à part nous. Personne n'était tout à fait tranquille, mais ça avait lieu sans aucun commentaire. On faisait tous notre façade d'indifférence. On ne voulait pas avoir peur ; ou ne pas montrer qu'on avait peur, ne pas exciter la mèche. Affolez une poule dans une mêlée de poules, et toutes veulent s'échapper. On se retenait.

Depuis, on a appris à réagir plus franchement aux sons. Une guerre, ça s'apprend. La vivre s'apprend. Y survivre surtout. Réaliser que c'est réel, que c'est pour de vrai. Constater au début de ces matins qui suivent son arrivée que ce n'est pas un cauchemar du sommeil.

Le malheur, on croit toujours qu'il cognera à la porte d'à côté. Pas à la nôtre bien sûr. On croit ça aussi pour la guerre. On croyait qu'elle touchait des pays fragiles, seulement. On ne sait pas quel en a été l'événement déclencheur. Ça va vite, le début d'une guerre, le début d'un effondrement. C'est comme un cheval affolé par le feu, ça s'emballe, ça prend la fièvre de l'envenimement. Mais on a dit le mot. On nous l'a fourré dans la bouche, les médias nous l'ont mis dans la bouche, et le mot, il s'est mis à exister dans le quotidien, et ça a été la guerre. La guerre commence ainsi, lorsqu'on la nomme, lorsque ce mot-là habite avec vous. Je m'en souviens quand je l'ai prononcé, et de son mauvais goût, le goût qui coûte. Cette parole était hésitante, lourde, capitale, parce qu'à l'instant où elle serait proférée, ça existerait.

Personne ne s'en est réjoui. Les liesses des jeunes gens des siècles passés n'ont pas eu lieu. Personne ne voulait y croire, personne ne voulait y prendre part. On tombait des nues : ça avait lieu chez nous...

On s'est blottis dans nos appartements, comme la bête qui se dérobe pour trembler toute seule sous un meuble. Ça avait lieu chez nous.

J'ai appelé mon père. Parce que, on a beau être grand, être adulte, si tout s'écroule, on attend du parent qu'il nous rassure et qu'il nous sauve, on attend qu'il ait réponse au pire, qu'il en ait une explication, et une solution. Qu'il soit immense face à lui. Le parent est un rempart pour les temps difficiles. Au téléphone, j'avais 4 ans. J'aurais voulu savoir tout de suite comment être courageux. Mon père m'a dit ce que doivent dire tous les parents en un moment pareil, devant l'inconcevable ; que tout allait s'arranger ; que ça ne durerait pas. Et je l'ai cru. Il a raccroché, et puis il a appelé sa mère.

Très vite on n'a presque plus rien su. On ne sait même pas qui tire. On ne sait même pas vraiment qui ils sont, ceux qui revendiquent. Il n'y a pas vraiment de camps, mais plutôt une espèce de rage mordante, minable, qui prend foyer partout, comme un débordement de toutes les amertumes, des occasions de se venger, on dirait...

On est dans le marasme d'un chaos ; de la boue, et on y patauge.

J'entends depuis tout à l'heure ces soldats qui sont venus, qui ont bravé le péril pour venir nous chercher, pour nous ouvrir un chemin de sortie. Ils sont venus pour nous, comme ils venaient avant pour des peuples lointains qu'on ne connaissait pas, dont on ne parlait pas la langue.

Ils sont venus parce que depuis quelques jours, ça s'aggrave. Jusque-là, c'était des bombardements surtout. Mais depuis quelque temps, il y a des massacres. Je n'ai même pas pu regarder les images, c'est trop ignoble ; comment ça a pu dégénérer ainsi...

Sur une petite place où des gens étaient venus chercher du riz que distribuaient des humanitaires, tout le monde a été tué. C'était un mardi, un mardi qui aurait dû être de rien du tout.

Et à la radio ils ont dit que quelqu'un aurait crié « moi aussi je suis chirurgien ! », avant de mitrailler les patients, les médecins, dans un hôpital...

Maintenant ils rentrent dans des immeubles et tirent sur tout ce qui bouge.

Et on ne peut pas enterrer les cadavres, il y a trop de neige ; on ne sait déjà plus quoi en faire. J'ai même vu des mouches, ou je crois en avoir vu mais je me suis peut-être trompé, il fait trop froid, ce n'est pas possible.

Alors on a de la chance que ces soldats soient venus nous chercher...

Dans une guerre, il y en a qui sauvent leur peau, il y en a qui sauvent leur famille, et il y en a qui sauvent leur pays. Je ne sais pas de quelle catégorie je ferai partie ; j'espère faire de mon mieux surtout.

J'écris ces lignes pour rien, je ne les emmènerai pas avec moi, je les laisse ici, personne ne les lira. Je les écris parce qu'il m'a semblé pouvoir comprendre où ça avait capoté. Mais j'ai perdu le fil. Je l'ai senti me glisser entre les doigts, et je n'ai pas le temps de reprendre ces phrases pour le retrouver. De toute façon, qu'est-ce que cela changerait, que je trouve cette cause, à supposer qu'elle soit logique, à supposer qu'il n'y en ait qu'une ?

Nous avons été de faux rois, avec un faux royaume. Les berceuses n'ont chanté que des mirages, en boucle, sur les walkmans. Maintenant, la chimère est brûlée. On en a lapé les cendres, les dernières traces de l'utopie ; lapé la queue de cette comète. La langue en a été toute noire et asséchée. Et puis il n'y a plus eu de cendres du tout, que leur souvenir, et encore.

Je n'ai pas d'orgueil, je n'en ai plus. Tant pis si c'est notre tour. Tant pis si c'est la fin d'ailleurs. On se croit supérieurs parce qu'on a bâti des monuments et des concepts, mais peut-être que les animaux se passent de construire des murs par sagesse. Ils se concentrent sur l'essentiel, sur le lien qu'ils tissent ou non avec les autres.

Avant, avant tout ça, je croisais souvent un clochard. Je ne lui souriais pas ; enfin seulement une fois que j'étais passé, et il ne le savait pas. Je n'osais pas lui sourire en face ; j'avais l'air de m'en foutre ? C'est faux, je ne m'en foutais pas. Ça me touchait, mais d'une façon très dure, d'une façon cachée. Je me protégeais derrière la frontière de mon visage clos, avec ma bouche que je pinçais. On avait le même âge pourtant, quasiment. On aurait pu se parler.

Je ferais mieux de me préparer, de faire un sac, comme ils disent.

Manon et Jeanne

Cette guerre, Manon l'avait sentie venir, malgré elle. Elle avait senti que l'époque s'évertuait à trouver encore de l'engouement et du sens ; mais que ça se blasait, qu'on était arrivés au bout du monde ; c'était comme celui qui cherche à jouir désespérément, qui dit « je veux jouir putain ! », et qui se frotte et qui se fait plus rapide et plus violent, mais qui n'y parvient pas.

Une mouche volait dans la chambre. Elle avait dû s'engouffrer durant le laps au cours duquel Manon avait ouvert et refermé la porte de l'entrée. Ils l'avaient toujours appelée « l'entrée », mais il n'y avait pas à proprement parler d'entrée. Pas de pièce dévolue à la fonction d'entrer, d'ôter son manteau et ses bottes, d'arranger la mèche de cheveux qui s'échappe constamment, de se refaire un visage pour les autres. Ils l'appelaient tout de même ainsi, comme ils disaient « la maison ». C'était un appartement qui était une maison qui était un appartement. Ils disaient « maison » pour entendre ce mot-là quotidiennement, pour le dire en parlant d'une chose à eux, pour le détenir un peu. Dire « maison » c'était s'imaginer que c'était grand peut-être et qu'il y avait forcément un jardin même s'il n'y en avait pas et que ce n'était pas grand. Prononcer « maison » pour parler de chez soi, c'est presque avoir un jardin, à cet instant parfait où « la maison » se forme sur les lèvres.

La mouche bourdonnait, une mouche immonde à damier noir et gris, avec deux gros yeux rouges. Elle et ses congénères avaient été excitées du fond de leur diapause, réveillées par l'odeur de la guerre. Elles ne faisaient pas long feu dans l'air glacé, elles se réfugiaient où elles pouvaient, guidées par les chauffages. Celle-ci venait de se poser sur l'un des oreillers aux taies imprimées d'énormes fleurs, des blanches et des orange sur fond rose, de la literie visiblement *made in China*. Elle se pourléchait des miasmes de leurs petits sommeils. La nuit, Manon et Jeanne dormaient toutes les deux, contre les mauvais songes de chacune, pour y faire face, pour être déjà ensemble aux réveils. Jeanne se mettait dans le creux des bras de sa mère, là où c'est le plus chaud, vers l'aisselle, contre les côtes.

Manon ne chassa même pas la mouche. Elle avait vu trop de choses innommables ces derniers temps pour se sentir encombrée par un insecte. Et puis de toute façon, elles ne dormiraient plus dans ce lit dès ce soir. Elle la laissait donc se repaître et se réjouir des fanges humaines.

La lumière était fade et mélangeait le contour des choses. C'était cette lumière de fin de matinée en décembre, une aube qui s'étend et qui dure pour rien, qui n'éclaire que faiblement. Elle alluma l'ampoule. On y voyait mieux. La mouche continuait son repas.

Quelques instants plus tôt, Manon était remontée en courant, en tombant presque à chaque marche, en se cognant les genoux à leurs saillies. Cet escalier de bois de l'immeuble, elle l'empruntait depuis des années, ses réflexes en avaient l'habitude, mais il lui paraissait hostile tout à coup ; un étranger, elle ne le reconnaissait pas. Les degrés semblaient plus hauts et incertains ; les barreaux étaient-ils déjà verts hier ? Elle n'en était plus sûre, et la rampe lui fuyait entre les phalanges comme du sable. Elle respirait mal, chaque bouffée était un harcèlement, et cet hiver entrant là comme un maître lui désolait les bronches. Mais, le corps rompu en avant, elle s'évertuait à le laisser s'insinuer en elle. Elle était sur le palier du troisième. Elle regarda vers le haut, vers le but, son visage démantelé tendu vers la seule chose qui comptait, qui paraissait inatteignable. Il fallait pourtant rejoindre ce cinquième étage et Jeanne, et partir tout à l'heure. Il ne fallait pas effrayer Jeanne. La peur est contagieuse.

Elle s'était donc concentrée sur un point : son cœur, qui se déchaînait. Les hommes primitifs devaient sentir taper dans leur poitrine cette chose qu'ils ne savaient pas nommer, qu'ils ne savaient pas leur appartenir, qu'ils ne savaient pas faire partie d'eux. Ils sentaient leur cœur, sans que cela soit encore un cœur, sans que des concepts soient venus en atténuer l'indicible magie. Avant d'être un cœur, c'était une musique ; la musique originelle, le tambour originel ; de là, peut-être, toutes les autres percussions. C'était à la nuit des temps, avant le feu, c'était quand pouvait naître le premier dieu, et c'était lui qui frappait ainsi, à l'intérieur d'eux-mêmes.

Le dieu de Manon se débattait pour sortir de son sternum et s'enfuir. Mais elle avait gravi le dernier étage, pas à pas, se forçant à ralentir, à faire ses gestes plus précis, à maîtriser sa panique, à la cacher sous une expression de calme, à rassembler ses pensées en un petit fagot intelligible, et à mater ce cœur avec des promesses. Devant leur porte, elle avait eu un soupir très déterminé à ne pas se reproduire.

Manon avait maintenant cet air neutre auquel elle se contraignait. Elle était livide, elle tremblait aussi, mais on pouvait croire que c'était des frissons qui lui restaient du froid du dehors.

Et maintenant les voix de la rue qui lui avaient fait monter l'escalier dans la panique lui revenaient à l'esprit.

« Prenez vos affaires !

— N'emportez que le nécessaire !

— Dépêchez-vous ! Dépêchez-vous !

— Dépêchez-vous !

— Dépêchez-vous de faire votre bagage ! Seulement ce que vous pouvez porter, un seul sac par personne !

— Un seul sac par personne !

— Prenez vos affaires ! »

Ces phrases résonneront encore sur leurs murs esseulés, elles résonneront derrière elles.

« N'emportez que le nécessaire ! »

Et aux yeux pressés qui regardent un être d'un extérieur sans prénom et sans nom, le nécessaire c'est ce qui permet de survivre, de ne pas mourir tout de suite ; un couteau, des médicaments, des allumettes, de l'argent, une couverture, de l'eau...

Ils sont là dans leurs uniformes, avec leurs mégaphones, comme des sauveurs ou des fatalités, à croasser cette urgence d'une évacuation ; une nuée de corbeaux sur un champ de roseaux. Un refrain de départ. Ils sont arrivés comme des envahisseurs ; le sauvetage n'a pas le temps des égards. Ils n'envahissent rien pourtant. Leur drapeau n'est là que pour flotter sur leurs camions, et ne sera planté sur aucun coteau.

Jusqu'à présent, il n'y avait que le froid givré qui opacifiait les vitres. Quand il fait beau, on croit qu'il ne peut rien arriver de grave, et que le beau temps durera toujours. Mais là, il faisait froid, très. C'était historique un hiver pareil. Et quand il fait si froid, l'espoir s'engourdit, comme les muscles. À un certain point du froid, on oublie même l'espoir. Ce n'est pas que l'on se résigne, c'est que quelque chose s'assoupit dans l'être, qui oublie d'espérer.

« Dépêchez-vous ! Dépêchez-vous ! »

Ces voix dehors, elles sont comme on les aurait imaginées : nasillardes, brutales. Ce sont des voix qui n'emploient que de l'impératif. Des heurtoirs qui réveillent un sursaut ; et il y a des sursauts à ne pas laisser filer. Elles viennent pour l'emporter, le mettre en sûreté, ce troupeau d'âmes claires qui était encore éperdu par un entêtement : celui de ne pas quitter son toit.

C'est une maladie parfois l'entêtement. C'est même une belle maladie parfois. Mais parfois, ce n'est qu'une naïveté tenace, et même un peu révoltante. Une naïveté présomptueuse qui se croyait encore exemptée du gros du malheur.

Les soldats ont des voix de chef, mais eux aussi doivent obéir, à des injonctions qui sont gradées plus haut. Il n'y aura pas de place pour du cas par cas. Il n'y aura pas de place pour faire des distinctions. Et même on n'est pas si certain qu'ils soient conscients de sauver ; ils font partie de la grande machine de la guerre, des ordres à exécuter. Où on les emmènera, on ne le leur dit pas.

« Dépêchez-vous ! Dépêchez-vous ! »

Ce qu'ils ont agité, c'est ce sentiment. Avec ces voix, Manon s'en est souvenue comme on se souvient tout à coup d'une douleur sourde qui nous fait mal sans cesse mais à laquelle on s'était habitué, qu'on croyait même ne plus sentir, qu'on croyait disparue. Jusque-là, elle n'avait pas su comment partir. Chaque jour, il aurait fallu quitter la ville sur-le-champ. Elle l'avait répété à Louis, en vain, mais depuis qu'il était mort elle étouffait en elle-même cette nécessité. Cela lui demandait moins de vigueur qu'un élan. La fleur du nénuphar coule pour faner et pour pourrir ; dans le fond avec la vase, loin de la lumière elle se fait oublier. Elle n'aurait pas pu dire quel était ce joug qui la pétrifiait et les condamnait toujours davantage. L'espoir s'adresse à quelqu'un qui n'existe jamais. L'espoir est une âme dans un mot.

« Dépêchez-vous de faire votre bagage ! Seulement ce que vous pouvez porter, un seul sac par personne ! »

Elle allait écouter ces voix, elle allait les suivre comme une aveugle, en tenant sa fille par la main. On lui avait rendu cet espoir de se sauver, on avait rendu cet espoir catégorique.

Elle avait une heure, et peut-être même à peine. Elle s'était égarée dans ces premiers instants à devoir faire le bagage d'une vie. Elle ne savait par où le commencer. Mais certains n'ont même pas la chance d'une heure avant de tout quitter.

Elle venait de dire à Jeanne, d'un cri sans timbre, d'un cri blanc, d'un cri de voix blanche :

« Jeanne, Jeanne, ma chérie ! On va devoir s'en aller, et peut-être, peut-être on ne reviendra plus jamais ici. Il faut que tu choisisses quelques affaires, juste quelques affaires, juste ce que tu veux absolument prendre.

— Est-ce que je peux emmener le fauteuil.

— Non, non ma chérie tu ne peux pas emporter le fauteuil... Tu entends les hommes qui sont dehors et qui nous disent de nous dépêcher ? Ils sont là pour notre bien et nous allons monter tout à l'heure dans un de leurs camions et il n'y aura pas beaucoup de place. Il faut que tu choisisses seulement quelques affaires pas trop grosses. Tu peux faire ça pour moi ?

— D'accord maman. »

Manon avait pleuré en parlant, mais elle pleurait souvent, cela ne pouvait donc pas inquiéter beaucoup l'enfant.

Jeanne s'est dégagée des larmes de sa mère. Elle en avait toute son épaule gauche mouillée par l'eau salée ; et un peu de sa blondeur aussi, vers l'oreille, et cela faisait une boucle séparée, un fin cordage qui se plaquait contre sa peau. Elle est partie dans sa pièce à elle, celle avec trois murs mauves et un qui avait été laissé blanc comme une page, et sur lequel elle avait dessiné sans aucun frein rabat-joie. Elle y avait tracé, avec des crayons criards, une girafe au cou long comme un serpent, un âne et un renard veillant une crèche, le mot « peur » écrit plusieurs fois en une pluie tombant du ciel, un homme tirant sur un piano, un homme tirant sur un pigeon, une maison avec un jardin ; aucun soleil.

Jeanne a 5 ans. Elle n'est pas grande pour son âge. Une petite fille. Elle a l'air d'un loup assoiffé. Elle n'a jamais eu les bonnes grosses joues des mioches, les bonnes joues des visages en cours, des visages à dégrossir. Les bonnes joues qu'on mangerait comme des petits pains. Et la guerre affamée n'arrange rien.

Elle a déjà son visage d'adulte, celui qu'on pressent dans chaque trait. Le nez changera. Le nez change toujours. Elle est blonde, mais c'est un blond presque gris. Un blond de pelage de clairière de forêt. Un blond long, qu'elle ne veut pas qu'on lui discipline, un blond qu'elle veut avoir comme une traîne derrière elle. Un blond farouche. La bouche, ce sont des babines fines, les dents encore de lait, comme les petites dents aiguisées et pointues des chatons. Quand elle sourit, rarement, c'est un sourire doux, mais carnassier. Un sourire presque moqueur sur les bords, prêt à rire, mais qui ne rit pas, finalement. Et sa voix, une voix qui parle vite, qui se dépêche, une note de rivière déversée, et quelque chose de péremptoire dedans. Pas comme quelqu'un qui sait, mais comme quelqu'un qui voudrait savoir. Elle a pris ça à son père. Il mettait des points partout, à chaque fin de phrase, même aux interrogations. Et Manon se surprenait à adhérer à ses phrases, presque toujours ; c'était les points qui faisaient ça. Leur fille n'en a pas conscience, juste elle parle comme ça pour imiter son père.

Ses yeux sont bleus évidemment. Franchement bleus. Ceux de Manon aussi, mais pas de la même nuance, d'un bleu plus trouble, qui ne pleure pas qu'en cachette. Les sourcils de Jeanne sont si pâles qu'on les croirait absents.

Elle a son univers. Parfois comme ça elle s'échappe dedans, et son regard se retire en elle-même. Où va-t-elle alors ? Elle ne le dit jamais. Elle est là, mais elle ne répond plus si on lui parle. Quand elle revient, elle chuchote presque. C'est « pour ne pas gêner le vent » qu'elle chuchote, « pour souffler comme lui », c'est ce qu'elle a dit une fois.

Souvent, elle tient sa tête très haute, vous dévisage, et ses paupières se baissent en un jugement tacite entre les cils. Cela vient de loin, cette arrière-pensée qu'elle semble trimballer partout avec elle dans ses pupilles. C'est une enfant sans âge ; 5 ans, mais sans âge. Elle s'appelle Jeanne. Ce nom ne lui va pas. Ça arrive. Ça arrive que le nom ne fasse pas corps, et se refuse. Elle est grave, trop grave pour un nom si clair. D'ailleurs, elle ne l'aime pas ce nom. Elle dit qu'elle voudrait s'appeler Ida.

Elle joue parfois. Mais surtout, elle ramasse « des trucs ». Dans les rues, elle marche en regardant à ses pieds. Elle a cette habitude de ne pas regarder en haut, les paysages les monuments ou les gens. Et elle ramasse « des trucs ».

Elle dit « des trucs » pour qu'on ne lui pose pas de questions. « Des trucs », cela achève la curiosité. Elle ne savait pas encore se tenir debout qu'elle collectait déjà, elle rampait en ne s'aidant que d'un bras, brandissant l'autre avec la main fermée sur sa trouvaille. Ce qu'elle choisit ce n'est jamais du quelconque ; elle y reconnaît quelque chose, qu'elle tait. Elle soupèse avant de garder. Elle ramasse des bouts de verre, des plumes, des feuilles ayant des formes particulières, des capsules de bouteille aplaties comme des paillettes ou des écailles... Quand elle rentre elle vide ses poches. Elle ne joue pas avec ce qu'elle a ramassé. Elle dépose sa cueillette dans une boîte ancienne, en hêtre, que sa mère lui a donnée.

Elle chine des bouts du monde. Depuis la guerre, elle chine ses restes.

« Dépêchez-vous ! »

Manon soulève un bout de papier journal et regarde par la fenêtre. Celui qui vient de crier est si jeune et si maigre ; on le pousserait, il tomberait sûrement ; on peine à voir en lui une autorité. Mais il a l'uniforme. Quand il les enjoint dans le mégaphone de se presser, il a la voix qui s'écorche, c'est trop fort pour lui d'imposer, ça s'entend. Avant la guerre, il devait être très discret, timide. Il est roux. Un autre, plus costaud, vient lui donner des ordres, et ils s'engouffrent dans l'immeuble apparemment.

Manon dans la chambre sait qu'elle ne peut plus gaspiller des secondes. Le réveil indique 11 h 07, les camions repartiront à midi pile.

La chambre n'est pas grande et approximativement rectangulaire. Aux murs il y a de longues fissures qui sifflent dru si on tend l'écoute. Dans les coquillages on entendait la mer ; dans les fissures on entend un chat qui n'en finit pas de cracher. La peinture a été blanche un jour, mais rien ne reste blanc longtemps ; le monde jaunit dès qu'il le peut ; le jaune serait donc la couleur du temps qui passe, la couleur du passé ?

Dans l'un des coins, une rustine a été faite dans une teinte légèrement plus sombre, d'un pot qu'on avait sous la main, pour camoufler une fuite venant de chez le voisin du dessus.

Le lit prend toute la place, presque, et c'est une embûche aux tibias qui se déplacent autour.

À part lui, il y a une armoire massive en noyer, un meuble classique et austère du XIXe siècle, avec juste une volute, quand même, sculptée là-haut sur sa corniche ; le vague couronnement d'une sévérité. Le bois sent la cire imbibée par des siècles de soins, la cire entêtante qui donne mal à la tête si tu ne l'omets pas. C'est ce meuble dont tout le monde a hérité un jour, et dont personne ne voulait jamais ; ce meuble qu'on ne discernait plus chez nos anciens parce qu'on l'avait trop vu. L'habitude, qui devient de l'ordinaire. Mais Manon chérit l'armoire, et c'est peut-être parce qu'elle n'a jamais cessé de la voir, ou plutôt jamais cessé de la regarder. C'était celle de ses grands-parents, et sa grand-mère y enfermait à double tour le linge fraîchement immaculé. Pour Manon petite, c'était un mystère, ces deux portes que l'on bouclait sur des draps et des nappes, il lui semblait qu'il devait y avoir là davantage. C'est pour ça qu'elle l'a voulue, l'armoire, parce qu'elle représentait une de ces énigmes que l'enfance s'invente sur des gestes incompréhensibles de l'adulte.

Pour la hisser jusqu'à cette chambre du cinquième étage, il avait fallu des poulies et des forces d'hommes, et démonter les battants de la fenêtre. C'était une conquête, cette lente ascension d'un legs suspendu.

Manon, depuis que l'armoire est à elle, depuis que ses grands-parents sont partis, elle la laisse toujours tout ouverte. Ce n'est pas par revendication, pas pour faire le contraire. Elle laisse l'armoire ouverte, parce qu'il n'y a rien dedans de vraiment vulnérable qui mérite une barrière. Jeanne va s'y cacher souvent, elle tire les deux portes sur elle, et elle parle là toute seule ; parce qu'elle croit qu'une paroi arrête un son ; elle croit que les murs retiennent les voix, même ceux d'un jardin sans toit. Quand elle en sort, elle n'a rien de méfiant, elle croit que ce qu'elle a dit là est resté entre l'armoire et elle. Et c'est presque le cas. Car jamais Manon ne l'écoute. Elle n'épie pas les confidences de sa fille. Elle les entend, mais sans chercher à en reconnaître les mots, elle en fait une langue abstraite, une mélodie. Et l'armoire redevient finalement un mystère, autrement.

Il n'y a qu'une fenêtre dans cette chambre : celle par laquelle on avait fait entrer l'armoire. En ville, tes fenêtres, tu connais bien leur nombre, tu parles d'elles quand tu parles de chez toi, c'est peut-être même la première chose que tu mentionnes. Tu parles d'elles comme un paysan parlerait des grands arbres sur ses terres. Avec cette même fierté pour quelque chose de précieux qui nous a été confié, et dont on a la garde. Ces fenêtres, c'est de la lumière offerte, c'est un lien avec le ciel qui se perd au-dessus des immeubles. C'est l'idée d'un horizon, la possibilité de se l'imaginer. Et tu les soignes comme des richesses. Manon, elle faisait les vitres une fois par semaine, méticuleusement, comme si elle lustrait la robe d'un cheval. De trois chevaux. Plus depuis la guerre, depuis la guerre, elle a mis du papier journal dessus pour dissimuler leurs présences du dehors.

Maintenant elle s'est agenouillée au pied du lit, et ce n'est pas pour une prière. Et même si elle savait prier, elle n'en aurait pas le temps dans ce reste d'heure. Mais puisqu'une prière se porte presque toujours vers l'après, il arrive que certaines ruées, de celles instinctives qui cherchent à se sauver, soient en elles-mêmes des prières. Elle est sur ses deux genoux pour chercher un bagage. C'est plein de virevoltants de poussière, et ces boules sales fuient sous l'air remué et roulent de dessous le lit.

Elle n'est pas bien équipée. Ils ne sont jamais beaucoup partis, avec Louis. Ils n'avaient pas l'argent nécessaire aux grands plaisirs. Quand ils s'échappaient quand même, c'était pour la journée seulement, c'était toujours pour voir la mer, et ils ne désiraient rien d'autre que le spectacle de cette eau affranchie. Un matin, ils s'habillaient en hâte, et ils partaient comme ça d'un coup. Jeanne donnait à chacun l'une de ses mains minuscules, et ils prenaient le train jusqu'à ce champ bleu, que l'on dit bleu, mais qui ne l'est pas vraiment.

C'était l'été. Manon portait une robe à fleurs, qu'elle avait achetée bien à l'avance, rêvassant à l'un de ces jours d'escapade qui tomberait sans prévenir. Car c'est toujours ainsi : pendant un hiver de paix, une fille rêvasse à l'été et à la robe qu'elle portera dans cet été. Elle a peut-être acheté la robe surtout et exprès pour cela, pour s'imaginer dedans. Pour imaginer son tissu et ses rythmes avec dans le fond la mer, ou des blés. Et à son homme qui lui enlacera la taille, à elle, à la fille dans la robe de l'été prochain, et à leur enfant riant devant. Mais maintenant, Louis ne serait plus jamais là pour lui enlacer sa taille. Et il n'y aurait peut-être pas d'été prochain. Et si cette fois le printemps ne revenait pas après l'hiver ?

« Un seul bagage par personne ! »

Il n'y a qu'un sac de voyage dans la maison. Il est faible et ça se voit. Il a dû être pimpant, flambant, et orange. Mais il est maintenant d'un crème sucré. Les anses sont en cuir cuit, râpé, craquelé, on pourrait en arracher des croûtes brunes, ça viendrait tout seul. Les anneaux de résistance ont rouillé et juté sur la toile, ce sang du fer ne partira pas. Il y a deux trous, qui ont commencé par n'être rien, puis qui se sont agrandis ; c'est là que la faiblesse est visible, et il y a des préludes d'autres percées. C'est un sac qu'on aurait dû jeter. Peut-être pourrait-elle prendre le caddie ? Mais ça lui condamnerait une main, un bras, et il les lui faut pour Jeanne.

Elle a posé le sac sur le lit, vide et flasque. Ça a fait sourdre et s'affoler et s'envoler la mouche ; une rage miniature qui s'en va dans une autre pièce.

Elle regarde le manteau bleu magnifique. Il est pendu à l'armoire. Ce manteau, il est d'un « bleu de libellule ». C'est ce qu'on lui a dit une fois. Quelqu'un ayant des finesses de peintre dans le regard. Elle, elle disait bleu sans que cela lui convienne ; elle ne savait pas comment nommer cette nuance d'un reflet de bleu, d'un bleu qui se teinte de vert sans qu'on s'y attende. Sur ce bleu de libellule, des lignes rouges brunes et bis forment de grands motifs amérindiens, derrière et sur le col et sur les manches ; les boutons sont en argent, ronds et bombés. C'est une rareté des années 30, qu'on appelle « Chimayo ». Ce manteau, elle en est amoureuse. S'il est possible d'être amoureuse d'un manteau, Manon l'est de celui-ci. Et encore davantage depuis que Louis est mort. C'est lui qui le lui avait offert. Un soir, après le travail, il était rentré avec un paquet inattendu. Ils n'avaient rien à fêter pourtant, c'était sûr, il n'y avait pas d'occasion qui aurait pu justifier un paquet ni même des fleurs.

Louis n'avait jamais su emballer les choses qu'il offrait. Peut-être parce qu'il avait trop de hâte à ce que ça soit découvert. Il emballait les cadeaux comme il emballait les légumes ou la viande ; mais pas cette fois. Cette fois, c'était important et ça se voyait. C'était dans du papier choisi, et Manon avait défait toute cette attente tout doucement, faisant durer leurs deux fébrilités délicieuses. Elle n'imaginait pas que ça puisse être le Chimayo, mais elle l'espérait, malgré elle. Et c'était lui.

Elle l'avait vu une première fois dans la vitrine du magasin, et elle avait été subjuguée. Elle était entrée l'essayer, et puis elle était retournée l'essayer, encore et encore. Elle s'était mise alors à y rêvasser et à en parler sans cesse. Elle disait : « Si j'avais ce manteau... » Elle commençait plein de phrases comme ça, et la suite c'était toujours de l'idéal. Ce manteau était peu à peu devenu un rêve accablant, de ces rêves éveillés qui mangent les forces entières de certains êtres qui ne savent pas les contrôler. Alors Louis avait économisé pendant des mois pour le lui offrir. Il passait devant la vitrine pour vérifier que le manteau était encore là. Il se dépêchait de réunir la somme, il rentrait plus tard pour gagner davantage, et Manon s'en plaignait, ignorant la raison de ses retours si nocturnes.

Ce soir-là, lorsqu'elle avait enfin fini d'ouvrir le paquet, il y avait eu ce grand contentement sur son visage.

Elle s'endormait en contemplant le Chimayo, en couvant du regard ce bonheur qui était à elle et qu'elle pouvait toucher.

Les mois passaient. Ils mangeaient surtout des pommes de terre, à cause de la dépense du manteau. Mais pour Louis, il y avait le sourire de sa femme, qui le gâtait.

Le manteau, elle ne peut plus le porter, il est trop précieux pour la guerre. Et trop voyant aussi ; depuis que ça a vraiment commencé, elle se terre dans des couleurs invisibles, dans du sombre et du fade. Mais tout de même, c'est la première chose qu'elle a mise dans le sac.

Il faut qu'elle emporte quelque chose de Louis. Pour pouvoir tenir dans ses mains un peu de lui. Il y a sa casquette pendue à un clou sur le mur des fissures. Elle est tout élimée ; il ne la quittait presque jamais. Il portait ses affaires jusqu'à ce que ça ne soit plus que des loques. Il les préférait comme ça, alourdies un peu de sa sueur, réconfortantes par cette odeur qui sentait son travail. Il n'aimait pas avoir à remplacer un pantalon fidèle formé à son corps et à ses gestes ; avec les poches aux genoux ; avec les usures en bas qui étaient la marque d'avoir croisé les jambes deux fois, sa manière à lui.

Lorsqu'ils s'étaient rencontrés, Louis avait la casquette, qui était encore assez neuve. Manon le voit, comme s'il était là, face à elle. Elle avait levé la tête, parce qu'il était plus grand.

Et la dernière fois qu'elle l'avait vu avec, c'était le jour de sa mort. Et maintenant elle y pense. On s'arrange bien solidement, pour tourner autour des douleurs, on rôde avec des bras ballants à en être encombré, à sentir d'un coup ces bras qui ne servent à rien, qui sont lourds de tout le poids de cet effort à éviter le sujet d'un malheur. On voit la casquette, c'est dans le champ de l'œil, elle est là, la traîtresse, posée comme un chapeau sans importance, pendue là à son clou ;

et une photo serait prise par un inconnu, tout ça aurait juste l'air d'une chambre assez pauvre, avec une armoire, un manteau bleu, des bibelots, une casquette élimée accrochée au mur ; ça ne raconterait rien d'autre.

Ce serait vide, comme peut l'être la vie des gens. Étranger comme l'est la vie des gens. L'inconnu enfilerait peut-être la casquette, sans l'ombre d'une superstition. Il ne saurait pas que c'était celle d'un homme qui la portait quand il est mort, il y a juste quelques jours.

Manon met cette relique dans le sac.

Elle doit aussi choisir des photos. Elle a pris sur une étagère les quatre grands albums noirs aux pages noires. Et chaque image ressort de ce fond comme un éclat, une lucarne sur une nuit, un halo... Il y a là tant de visages. Et pour certains, Manon ne sait pas les noms ; peut-être des cousins éloignés ou des amis de ses ancêtres, des filiations qu'elle ignore, qu'elle ne reconnaît plus, qu'elle ne peut pas reconnaître. Il y a aussi des lieux, des paysages qui ont dû compter, des cadrages de rochers, ou d'une glycine au-dessus d'une porte prise plusieurs fois et sous plusieurs angles.

Ce qu'elle saisit en premier, c'est un portrait de Louis. Il n'aimait pas poser ; face à un objectif il devenait subitement raide et sauvage, il tentait de faire ses traits immobiles mais ça le rendait ahuri, et sa bouche penchait à gauche. Sur ce portrait pourtant, et pour une fois, il est vraiment lui. Un homme grand et pas costaud, très osseux ; tout est long, ses bras, ses jambes, son torse étroit, la colonne de son cou grêle avec la pomme comme une noix avalée de travers et qui se voit ; et son visage où les pommettes saillent, où le squelette pourrait percer. Son regard est cru d'une pureté maladive. Sa bouche, c'est presque celle de Jeanne, mais en plus chaotique, une lézarde, un trait maladroit qui ne sait sourire que très franchement ou pas du tout. Ses cheveux lui arrivent aux épaules, emmêlés comme ceux de sa fille, une fourrure bouclée d'un noir brûlé. La peau blanche, très blanche. Sur cette photo, il est en train de parler, la phrase est entrouverte. Il est assis, et pour ne pas faire déborder sa grandeur, il a rangé ses mains graciles sur ses genoux, il a croisé ses jambes deux fois avec le pied qui se retient à l'autre mollet, et c'est comme s'il avait replié des élytres et des pattes. Il était beau comme tout amour aimé, et c'était celui de Manon.

Elle sait ce qu'il venait de dire juste avant la photo, elle s'en souvient, il venait de dire : « Je voudrais qu'il pleuve. » Il aimait la pluie. Manon lui avait demandé pourquoi. Il avait eu cette réponse qu'elle n'avait jamais comprise : « Je l'écoute. J'écoute son besoin de tomber. Je la comprends. »

Il avait un visage suspendu, à vos lèvres, au prochain geste, au prochain oiseau passant par là, à la prochaine ombre sur le mur, avide de toute la suite, n'attendant qu'elle, constamment, cherchant l'émotion à chaque seconde ; un visage n'arrêtant rien d'une expression, vacillant le sourire, vacillant le froncement, vacillant l'étonnement. Il vous faisait cette place dans son visage, la place d'y être, d'y prendre part, d'y avoir une répercussion.

Manon ajoute une photo d'eux tous les trois : Louis Jeanne et elle, ensemble.

Elle est debout. Le corps ne s'assoit pas quand il va fuir, il est déjà en route. Elle feuillette vite, ratant des pages, décollant les étreintes de deux photos face à face dans un sinistre bruit qui s'écartèle jusqu'à ce que ce soit séparé. Elle attrape, elle tranche spontanément que c'est nécessaire de choisir celle-ci plutôt qu'une autre. Elle les laisse tomber sur le lit, une pluie familiale qui fait le son des pétales de pivoines qui chutent, ce son mat d'une toute petite lourdeur qui cogne plutôt que de se déposer.

Elle vient d'achever le premier album. Elle entame le deuxième. Elle fait un tri primitif, un tri qui cueille instinctivement. Elle prend ses proches, ceux de Louis. Elle fait le résumé de la généalogie de Jeanne. Le grand-père qui n'avait pas de sourcils ; c'est-à-dire qu'il avait des arcades mais aucun poil dessus, et cela depuis toujours ; il ressemblait à un sage asiatique, par cette nudité n'ombrant rien au-dessus des yeux. Ceux si pâles de Jeanne, ce sont presque les siens, elle lui ressemble par là, ça lui fait le même air d'une sagesse innée.

L'amas sur le lit s'épaissit. Manon prend aussi plusieurs visages de sa mère.

Elle était la mère de la mère, la mère de la mère de Jeanne, la mère d'une mère. C'est en un sens une femme qui a porté deux vies ; celle de sa fille, et celle de la fille de sa fille. C'est celle qui a été le puits intarissable auquel on venait boire tout le jus du courage, tout le jus de l'égide. C'est celle qui devait répondre, qui le devait, et c'était impérieux, on ne lui laissait pas le choix, on exigeait toutes ses forces et qu'elle en ait encore. Et pourtant, cette mère ne savait rien, ou pas comme on l'entend. Elle inventait les outils du réconfort. Elle mentait, elle le savait, Manon le savait, ce n'était pas grave. Car tout ce que Manon souhaitait c'était de se blottir dans cette voix, c'était d'entendre ce brouillard qui berce une misère.

La voix est morte au début de la guerre, il y a quelques semaines, d'une grippe trop mauvaise. Elle disait d'elle-même qu'elle n'était pas une « brillance » ; parce qu'on le lui avait fait croire. Ils la pensaient simple, ceux qui ne se penchaient pas sur ses richesses. Il y en a eu pourtant, des époques où elle aurait été vénérable sur une terre. Lorsque la connaissance n'était pas seulement celle des grandes paroles. Lorsque de savoir pêcher l'étrille ou la crevette, et faire sortir un grillon de son trou pour le regarder striduler, et contempler l'oiseau à ses heures d'hymne, et connaître les fleurs et les arbres, et savoir planter une graine pour qu'elle pousse, et savoir protéger une giroflée, et quand cueillir la poire Conférence, et savoir coudre, et savoir rire, était plus important que de réciter des concepts.

Une fois, à un dîner qui se voulait mondain, de ce genre de dîner qu'elle redoutait parce qu'elle ne s'y sentait pas à sa place, mais auquel elle se pliait pour que le père de Manon ne hurle pas, on lui avait demandé ce qu'elle lisait en ce moment ; elle avait répondu : « Un livre de botanique. » Une idiote l'avait rabaissée en s'écriant : « À quoi cela peut-il vous servir ! »

Mais cette mère-là reconnaissait la fritillaire pintade et la clématite, l'églantier et le catalpa. Elle savait si ce champignon pouvait être mangé. Elle savait que c'était un geai qui venait de crier. Si le merle s'était remis à chanter, elle se réveillait tôt pour l'écouter. Nommer le monde, c'est le reconnaître, c'est le respecter. Ce n'est pas nécessaire, et cela ne nous en rend pas propriétaire. Mais c'est faire grand cas de ses nuances, c'est en être curieux.

Un temps viendra où le vent ne s'appellera plus vent, ne s'appellera plus du tout. Peut-être gardera-t-il la mémoire de tous ces noms inventés pour lui, de tous ces accents prononcés pour le désigner et le convoquer. Peut-être se souviendra-t-il d'avoir été un dieu partout. Peut-être chantera-t-il parfois dans ses excès de bourrasques des nostalgies d'avoir été Sirocco, Mistral, Éole, ou encore Huracan… Mais on ne lui manquera pas vraiment. Il n'aura plus qu'à convoyer des semences et non plus nos fureurs. Il soufflera sans nous, sans juges pour le mesurer. Il aura la liberté toute vierge de tout recommencer, et d'ébrouer les airs. Cependant, tant qu'elle existait, la mère de Manon lui faisait cette politesse de le saluer, et de le choyer, avec ce qu'elle savait de lui.

Quand Jeanne était née, cette femme s'était voûtée ; ça avait été presque soudain. Il est possible que les grands-parents s'affaissent et se bossent pour se rapprocher de leurs petits-enfants, pour se mettre à leur hauteur et pouvoir les entendre et les rencontrer plus simplement.

Manon laisse tomber sur le lit une image qui raconte cela, de sa mère courbée, et de Jeanne quand celle-ci devait avoir 2 ou 3 ans ; elles sont de dos, elles marchent côte à côte, elles sont en train de parler la même langue de l'émerveillement.

Elle rassemble les photos. Il y en a un paquet de l'épaisseur d'un roman simple. Elle les pose dans le sac, sur le Chimayo.

Un fracas retentit dehors. Elle sursaute, elle se précipite hors de la chambre, vite, et cuirasse sa fille de son corps, et celle-ci fixe son abri, elle est dans le creux de sa mère, il ne peut rien lui arriver. Ça ne se répète pas. Alors le bastion qu'elle vient d'être pour Jeanne se déplie, et va voir à la fenêtre. L'enfant boit les gestes de sa mère, elle n'ose pas bouger encore, elle. Manon comprend ce qu'était le bruit : des gens qui ont fait tomber leur bagage.

« Ça va Jeanne, ce n'est rien. »

L'enfant se relève alors, et dit :

« J'ai bientôt fini maman.

— C'est bien ma chérie... »

Il faut s'occuper de l'utile, le nécessaire, que crient les soldats. Le nécessaire presque anonyme. Les objets de troc, de lutte, de survie. Les objets qui aident à durer. Les objets du chacun pour soi.

Manon enfouit dans le sac des chaussettes en plus, deux bonnes paires pour chacune, et elle rajoute aussi un gros gilet pour Jeanne ; si elle lui dit « j'ai froid maman », elle aura cette réserve d'un réconfort prévu.

Maman, j'ai froid. (Le froid.) J'ai faim. (La faim.) J'ai peur. (La peur.) L'enfant dit « j'ai », suivi du mot qui hante.

Tout à l'heure elles enfileront tout ce qui est à elles sur le porte-manteau, tous leurs habits bossus d'avoir pendu là les uns sur les autres. Elles sont déjà bien couvertes. Chez elles, il fait moins froid que dehors, c'est pour ça que la mouche est venue s'y refugier, mais il fait froid quand même. C'est difficile de réchauffer cet hiver.

Jeanne porte deux pantalons sur ses petites jambes, un énorme pull de laine épaisse, et la veste de son père, en tweed, une veste d'homme. C'est trop grand pour elle, évidemment, la carrure tombe de chaque côté de ses épaules menues ; c'est immense comme une cape, c'est immense comme une présence imaginaire, comme un père qui planerait au-dessus. Elle s'est inventée qu'il était encore là, avec son odeur, ses coudes dans les creux creusés de la veste, ses poussières dans les poches. Quand quelqu'un que tu aimes disparaît, tu te mets à vénérer même sa poussière ; parfois Jeanne en sort un petit écheveau, c'est une touffe de cheveux et de bribes de fils entremêlés, de brins de tabac et de choses inconnues et infimes arrivées dans une poche par la vie de la main, et elle regarde cette relique qui est un peu de son père. Elle ne la jette pas par terre, elle ne la met pas ailleurs, ce n'est pas juste une poussière, c'est une poussière qui était à son père. Elle n'en met pas un bout dans sa boîte des trucs, elle ne disperse pas ce qui reste de ce père qui est mort. Elle la remet dans la poche.

Manon sort de la chambre en hâte, et traverse celle de Jeanne pour aller dans la cuisine. Devant la porte de l'entrée, sur le parquet nu, il y a une flaque qui meurt doucement, une tache sombre de froid fondu, de la neige qu'elle avait tapée de ses bottines tout à l'heure en rentrant, qu'elle aurait dû taper dehors mais qu'elle avait tapée dedans, se trompant, s'emmêlant dans l'urgence, quand ces gestes du respect d'un lieu, d'une maison bien tenue, ne comptent plus. Elle arrive dans la cuisine, et la mouche qui s'y était réfugiée s'envole aussitôt. Il y a la table, des tabourets disparates, et le fauteuil de Jeanne. Ce n'est pas un fauteuil pour enfant, c'est un vrai fauteuil d'adulte sur lequel elle devait grimper pour s'attabler ; il est tout à fait ordinaire, en bois et cannage. Mais Jeanne l'adore. C'est lui qu'elle a tout de suite voulu emmener quand Manon lui a demandé de choisir ses affaires. Elle l'aime, elle ne sait pas encore pourquoi, c'est trop tôt pour analyser ses attachements, ça viendra avec l'âge si elle vit. Mais si elle l'adore, c'est pour cette place qu'on lui donne qui ne l'amoindrit pas, ce fauteuil prouve qu'on la prend au sérieux.

Manon attrape dans le petit placard de la cuisine des médicaments, des biscuits, et la boîte de sardines qu'elle gardait pour un jour dur ; c'est un jour dur. Elle saisit une gourde, et une pelote de ficelle.

Elle retourne dans la chambre, elle met le tout dans le sac, et elle y ajoute des aiguilles et du fil. Dehors, les voix poursuivent leurs conjurations hurlées, hurlées de se dépêcher encore. Elle donnerait cher pour réentendre un son ordinaire, même celui contre lequel on s'emportait parfois, avant, un son aussi enrageant qu'un violon qui déchiffre.

Elle vient de dire à sa fille d'enfiler et de lacer ses chaussures, et elle la voit, d'une chambre à l'autre. Son enfant est très concentrée car elle ne sait pas bien faire, elle récite la comptine que Louis lui a apprise pour se repérer dans le nœud, elle tient une boucle des lacets, elle tourne, elle s'embrouille ; et elle recommence tout.

Manon a déjà les siennes ; de lourdes bottines solides, en cuir noir, faites pour marcher longtemps. Elle les avait trouvées dans une commode chez sa mère, intactes dans leur boîte en carton, enveloppées dans du papier de soie blanc ; elles n'avaient jamais été portées. Manon s'est imaginé que c'était un cadeau posthume ; il n'y avait pas son prénom sur la boîte, mais peut-être que si, peut-être que sa mère l'avait tracé du bout du doigt. Elles sont un peu trop grandes pour elle, la place qui reste au bout, c'est l'absence de sa mère ; elle l'a comblée avec une chaussette tassée.

Pendant tout ce temps, Jeanne, dans ses murs mauves, a fait consciencieusement un petit tas par terre. Elle s'est appliquée. C'est bien organisé, bien aligné, pour une vue d'ensemble, les choses en lignes presque parfaites, presque bien droites, comme le faisait son père quand il rangeait ses affaires, et il les rangeait sans cesse. Louis aimait qu'il y ait des perpendiculaires et des parallèles partout, que ce soit très en angle, que les écarts entre les crayons soient égaux. Il ne disait rien à ce propos. Mais alors qu'il leur parlait, en même temps avait lieu son irrépressible cérémonie. Lorsqu'il passait à table, il réarrangeait son couvert tout de suite, il replaçait la fourchette et le couteau d'équerre, le verre bien au milieu comme un point central, l'assiette à une bonne distance du bord, une bonne distance connue de lui seul. Il lui fallait créer ce filet d'un ordre invisible. Il n'exigeait pas que la maison se plie à ce besoin. C'était juste pour lui, c'était indispensable, ça lui échappait. Quand il s'en rendait compte il s'arrêtait net, confus devant cette nécessité d'un agencement nickel. Jeanne regardait faire ce père, et souvent c'était elle qui lui faisait remarquer qu'il était en train de construire des lignes, et elle riait, elle riait de cette petite extravagance. Elle riait parce qu'il la laissait rire. Elle riait bien. Mais la plupart du temps elle ne lui disait pas qu'il était en train d'arranger ses lignes, et elle l'observait. Cherchant à percer l'énigme, à comprendre l'importance de cette règle, et ne la comprenant pas. Ne sachant pas encore qu'il y a des gestes qui naissent dans l'enfance, qui s'installent malgré toi, à la suite d'un événement marquant, à la suite d'un drame ou d'une heure trop heureuse, et que tu oublies leur source, et que tu te retrouves avec ces fichus gestes qu'on dirait des fantômes pour toi-même, avec ces fichus gestes dont tu ne peux pas te passer. Jeanne l'observait comme elle aurait observé un dieu dont on doit tout copier aveuglément, un dieu aux vêtements défraîchis mais à la géométrie maniaque. Et elle avait commencé à arranger des lignes elle aussi, à être consciencieuse, à croire que c'était comme ça qu'on devait faire, que c'était comme ça qu'on devait vivre les choses. Un jour peut-être, passant à table, adulte, et arrangeant son couvert, elle s'arrêtera un instant, et elle pensera que son père est un peu là avec elle. Que sa manie est passée en elle, un réflexe pour héritage. Si elle vit.

La chambre de Jeanne, c'est un petit lit de bois avec deux colombes sur la tête ; c'est Manon qui les avait peintes, pendant qu'elle l'attendait dans son ventre. Deux colombes blanches, tenant des branches de fleurs et des mots de bénédiction païenne. Un coffre avec des jouets. Et aussi, une commode de la taille d'une table de nuit, avec dedans ses vêtements, et dessus, la lampe qui devait éclaircir le noir quand on pouvait laisser des lumières allumées en pleine nuit.

Jeanne est là, presque allongée par terre, les pieds lacés lâches, qui se tordent dans une contorsion qui ne se préoccupe pas du confort, avec tout ce trop grand sur ses épaules, de la veste qui s'étale au sol et la fait paraître plus grande, plus vaste. Elle est là, cette flaque de tissu d'où dépassent deux chaussures et des cheveux blonds, une flaque chuchotante qui ausculte de près, qui vérifie bien qu'il ne manque rien du tout, que tout y est de ce dont elle ne peut pas se passer. Il y a sept choses. Elle a l'air satisfaite. Elle ne sourit pas, elle est très sérieuse dans sa satisfaction. Elle sait que c'est grave, quand même. Elle se relève, et la flaque redevient une enfant nageant dans des vêtements. Les manches sont roulées sur les poignets fins comme des brindilles. Elle fait le tour de ses lieux. Elle appelle les choses par leurs désignations inventées, par leurs noms imaginés.

« Et toi alors Chiffon, tu vas rester ici tu sais, mais il ne faudra pas avoir peur, parce qu'il y aura aussi Grand qui va rester avec toi, et puis aussi il y aura les chevaux et les lions pour vous protéger, et il ne pourra rien vous arriver parce que, avec maman, on va bien fermer la porte.

— Oui mais s'il y a du gros bruit ?

— Eh bien si il y a les bombes tu te bouches les oreilles comme je t'ai appris et tu montres aux autres comment on fait. Je vais revenir bientôt peut-être.

— Mais tu vas nous laisser tout seuls, comme ça tout seuls.

— Oh il ne faut pas être fâchés contre moi, c'est parce qu'on doit partir qu'on part tu sais. Il y a des gens méchants qui arrivent ils ont dit les soldats dehors. On doit se sauver pour l'instant. On doit pas rester ici pour l'instant. On va partir de la maison, mais pas pour toujours tu sais.

— On a froid.

— Tu sais quoi, je vais te prêter mon écharpe à rayures. Comme ça vous aurez pas froid tous ensemble.

— C'est moi qui vais garder l'écharpe de Jeanne pour moi, parce que Chiffon il est tout le temps à se plaindre pour rien pffff.

— Ne fais pas l'idiot toi non plus Grand, c'est pas bien de se moquer de Chiffon, il est plus petit que toi, tu dois pas te moquer comme ça.

— Tu as peur ?

— Non moi j'ai pas peur tout de suite. Tout à l'heure j'avais, mais maman m'a dit que ça allait.

— Tu sais tu devrais emporter ta loupe aussi.

— T'as raison j'y avais pas pensé, mais une loupe ça doit servir c'est important pour la situation, comme dit papa, disait.

— Gaga il a de la chance de venir avec toi, lui.

— Sois pas jaloux que j'emmène Gaga. Tu sais que je le connais depuis plus longtemps que toi. On est nés ensemble en même temps, maman et papa ils ont fait une photo c'était quand je suis née et y avait déjà Gaga à côté de moi. Alors. Mais je suis triste de te laisser.

— De nous laisser tous.

— Oui de vous laisser tous, tous bien sûr. Mais c'est pas pour toujours je t'ai promis.

— Jeanne !

— Ah bah te voilà toi. Où t'étais passé, c'est comme ça que tu dis pas au revoir voyons. Mon petit loup tout petit, oh j'aurais été triste si je t'avais pas dit au revoir. Chiffon t'aurait dit pour moi, mais on se serait pas dit nous-mêmes et c'est pas pareil. Tu vois Chiffon toi il faut que tu veilles sur lui, parce que lui il sait rien et il fait tout le temps des conneries, tu sais tu l'as vu, et il se cache tout le temps, et tu dois pas le laisser aller près des fenêtres.

— Pourquoi ?

— Parce que, c'est dan-ge-reux. Je te l'ai déjà dit. Alors Petit Loup tu restes bien à côté de Chiffon et tu fais pas de bruit de loup.

— Plus du tout ?

— Non hein. Grand il est responsable de vous. C'est lui qu'il faut écouter si vous savez pas.

— Tu as ton couteau ?

— J'ai pas oublié le canif non. Je vais récapituler, comme dit papa, disait. Alors j'ai pris la boîte des trucs. J'ai bien fermé avec du scotch pour que ça s'ouvre pas. J'ai aussi pris mon livre des contes. Et j'ai pris Gaga. Le canif de papa. Et mon Papillu. Et le minuscule renard. Et j'ai pris mon bol dans la cuisine. Et la loupe. Je crois qu'il y a tout.

— Sauf nous.

— Sauf vous oui je sais mais c'est comme ça et je suis désolée vraiment. Et je prends aussi la bague de mamie, je la mets dans la boîte. Voilà, je remets du scotch et j'ouvrirai plus maintenant. Je vous laisse la lampe de poche comme ça si vous avez peur un peu vous l'aurez. Mais que sous le lit d'accord ? Je vais tout apporter à maman maintenant, mais je reviens après. »

Jeanne, dans ses bras, elle échafaude tout ça, tout ce petit tas des possessions d'une enfant de 5 ans, de celles essentielles. Elle les fait tenir toutes en même temps, construisant une pyramide de fourmi à porter jusqu'à la chambre de sa mère. Le Gaga, c'est le lapin brun en peluche ; Manon et Louis lui avaient confié leur fille quand elle était née. C'est son doudou, essentiel à chaque somme, à chaque chagrin, à chaque besoin tu d'une caresse, mais ce n'est pas son animal préféré. C'est comme si c'était une espèce tout à fait à part, de celle des lutins et des fées, et qu'il devait garder cette place désincarnée.

Et son « bol », c'est une chope en terre, bleue avec des fleurs rouges et naïves. C'est sa tasse, ils en avaient chacun une, trois tasses côte à côte, trois tasses accrochées au-dessus de l'évier. Manon buvait son réveil dans la sienne, la noire. Et celle de Louis, c'était « la mazagran », blanche et brillante comme une jeune dent. Celle de Jeanne était la plus grande pour le chocolat chaud ; une chope bien lourde, pour éviter les chavirages aux maladresses de l'enfance. L'ampoule allumée au-dessus de la table s'y reflétait dans le lait, et formait une tache de lumière sur le plafond plus loin. Et ils lui faisaient croire, avant de l'emmener à l'école, que cette tache qui frétillait, c'était sa bonne étoile qui venait lui dire bonjour. Elle n'apparaissait qu'au moment où la tasse était sortie et remplie. C'est la bonne étoile que Jeanne veut emmener.

La petite marche doucement pour ne rien faire tomber. Le Gaga pend et bringuebale sous son coude, docilité d'une peluche engagée partout, dans tout.

Manon a encore pris dans l'armoire ses bijoux. Elle en possède peu, et rien de franchement précieux à part les créoles épaisses et larges en or jaune, qui étaient à sa mère. Ces grands anneaux, elle ne les sort pas du mouchoir dans lequel ils sont enveloppés, elle les a dans la main comme ça, elle sent les deux cercles s'entrechoquer doucement. C'est le symbole de sa mère. Aussi loin qu'elle se replonge, elle voit sa mère avec ces bijoux aux oreilles comme si ça faisait totalement partie de son visage : elle ne les quittait pas, elle dormait avec, elle se réveillait le matin comme ça, déjà avec cette élégance de ces deux O pendant aux lobes. Les lobes, elle les avait longs un peu, décollés de la naissance des maxillaires. Des lobes bien dessinés, ne se fondant pas dans le cou, de vraies oreilles d'un bout à l'autre. C'était des oreilles de Bouddha, de vache sacrée.

Manon a rangé le mouchoir contenant les créoles dans le sac. Elle consulte le réveil à côté du lit : 11 h 36. Les minutes ont rarement autant compté. On les engloutissait quand on n'avait pas besoin de les surveiller.

Un homme hurle dans la rue. Ce n'est pas un soldat. C'est une voix de douleur. Il dit qu'il ne le peut pas. Qu'il ne peut pas partir. Elle soulève le coin du papier journal de la fenêtre. Et puis même, elle l'arrache. À quoi bon se cacher encore, elles vont partir dans quelques minutes. L'homme elle le connaît. C'est Marek. Elle n'avait pas reconnu sa voix, on ne reconnaît pas une voix qu'on n'a jamais entendue à son paroxysme du cri. C'est presque un ami. Pas tout à fait un ami, parce qu'il est de ces natures avec lesquelles tout est toujours à recommencer. Il délie tout à chaque aurevoir, il faut le réapprivoiser encore, la fois suivante, pour retrouver le fil de la relation et l'en convaincre.

Il dit, il hurle : « Je bougerai pas d'ici ! Et vous avez laissé ma porte ouverte ! Y a mes livres chez moi et je peux pas choisir lequel emporter ! Je peux pas choisir ! J'ai pas de femme pas d'enfant ! J'ai rien à sauver ! Qu'est-ce que j'aurais à sauver ! J'vous ai rien demandé bordel ! Et y avait un merle qui venait tous les soirs pour des miettes et je sais pas où il est ! Et je peux pas emmener le bruit que fait mon parquet quand je rentre ! Et je peux pas emmener la tache de soleil qu'il y a juste sur le haut de la couverture quand je m'réveille ! Je viendrai pas bordel de dieu ! »

Ils ne parviendront pas à l'emmener, Manon le sait.

Elle s'est allongée par terre, le haut du corps à moitié sous le lit avec les moutons de poussière s'accrochant à ses cheveux, elle se contorsionne pour atteindre la cachette des économies, dans le plancher. Une cachette inaccessible, une cachette de pauvreté qui ne pouvait se permettre de laisser s'échapper un billet. L'épaule lui fait mal, à s'étirer pour l'atteindre. Louis avait des bras plus longs, c'était lui qui allait fouiller dedans. Elle a saisi l'étui. Elle compte deux fois, et c'est tout ce qui reste de l'argent déprécié qui ne vaut plus grand-chose. Elle le jette dans le sac.

Et voilà Jeanne qui entre dans la chambre. Son tas dans ses bras est un peu au-dessus de ses yeux, ça lui masque des bouts de son regard. Elle a tout posé sur le lit, tout d'un coup comme une brassée de bois qu'on laisse tomber pour un feu prochain. Puis la chope, qu'elle tenait par deux doigts passés dans l'anse. Et la lampe de chevet, qu'elle aime tant, et qu'elle est retournée chercher, qu'elle a rajoutée. Elle ne dit rien. Elle se tait. Elle est dans le mutisme des grandes importances. Elle remonte une arcade, on ne le voit pas tout de suite à cause de la pâleur des sourcils, et puis on se rend compte que tout n'est pas à sa place calme, qu'un muscle joue là, que le front est un peu remué d'un demi-effarement. Elle consulte le visage de sa mère, pour voir, pour savoir. Elle croit déjà que c'est trop peut-être. Manon voudrait lui dire que c'est bon, lui dire « c'est parfait ma chérie », et tout emporter. Mais elle ne peut pas prendre la lampe. Elle sait qu'elle ne peut pas l'emporter avec elles dans leur sac. Parce qu'elle est grande et lourde, et fragile. C'est cruel mais elle lui dit : « Jeanne, la lampe, on ne peut pas la prendre. Je sais que tu y tiens beaucoup. Je suis désolée mais on ne peut pas, c'est trop lourd, ce n'est pas possible ma chérie. »

Sa petite roule des larmes, l'eau triste vient et goutte sur les joues maigres. Des cheveux dans ses yeux se mouillent. Elle voudrait crier, hurler contre cette injustice. Ce n'est pas sûr qu'elle veuille bien suivre sa mère encore. Ce qu'elle ressent dans ce moment, c'est le déchirement sans mesure que connaissent les enfants devant l'impossible. Elle pleure. Mais sa mère lui prend la tête, et la ramène doucement contre son ventre. Et Jeanne se calme contre ce ventre dont elle vient. Manon l'étreint ; c'est ce qu'on fait quand quelqu'un est adorable : on l'adore.

Et Jeanne, amenée à la raison, regarde la lampe, vénérée avant chaque sommeil, accueillie à chaque réveil. Elle la prend entre ses bras, et elle la serre, cette étreinte est la tendresse même, l'incommensurable tendresse de l'enfant personnifiant tout. Les larmes s'amoindrissent, il en reste des sursauts, elle hoquette. Elle chuchote à la lampe des paroles réconfortantes pour justifier l'adieu. La lampe restera là, sur le lit. Elle s'assoit à côté, et enlace le Gaga. Puis elle le tend à sa mère. Manon l'ajoute, et elle ferme le sac.

« Jeanne, on va y aller maintenant.

— D'accord maman.

— Tu veux dire au revoir ?

— Oui, j'aimerais bien. »

Elles se prennent par la main, et font un tour, de chez elles, de chez eux, de leur maison dans laquelle Jeanne a toujours vécu, de ce lieu qui était aussi celui de Louis. En passant devant les choses, Manon les effleure, les touche une dernière fois, sent leurs formes et leurs froids, leurs matières. D'un bougeoir de bronze. D'un vieux poudrier en cristal. Devant un tableau à l'huile représentant la mer elle s'arrête un instant. Elle murmure « adieu » en passant devant l'armoire, et elle en pousse les battants. Jeanne embrasse la lampe restée sur le lit, et, dans sa chambre, les peluches. Et puis elle flatte le fauteuil de la cuisine. Elle dit : « Au revoir toi, je t'aimais beaucoup tu sais. »

C'est fini.

Manon harnache sa fille, elle refait les lacets et les noue deux fois, elle remonte les chaussettes par-dessus les deux pantalons superposés. Et au-dessus du pull, et de la veste de Louis, elle lui fait enfiler une autre veste et un manteau, et un bonnet, et une écharpe jusqu'au nez qui réchauffe son souffle. Et puis elle enfile un blouson et son propre manteau. Elle a les mains qui tremblent et ne parvient pas à fermer les boutons. Jeanne dit : « Attends maman je vais boutonner pour toi. »

Elle va chercher son fauteuil, le tire jusque-là, grimpe dessus, et ferme le manteau de sa mère.

Manon soulève le sac, il est trop lourd. Elle doit en enlever. Elle l'ouvre, et en extrait le Chimayo, qu'elle pose sur le dossier du fauteuil. Elle pourrait en emporter un bouton, rien qu'un bouton, seulement un bouton. Pourtant elle veut pouvoir s'en souvenir ainsi, majestueux et vaillant malgré quelques reprises, comme l'était son amour avec Louis. Elle s'empêche de pleurer. Elle tient fort la manche, comme si c'était un bras, comme si c'était un être. Jeanne fait pareil, elle sait comme ce manteau comptait.

Manon referme le sac et le soupèse, ça va. Elles sortent, et ferment la porte.

Dans ce silence laissé, la mouche s'est envolée.

Paul

« On ne va pas emmener le chien. »

Il dit « le chien », il ne dit pas le nom du chien. Quand on commence comme ça à nommer les êtres qui nous entourent par leur catégorie, c'est qu'on ne tient plus à eux. Ce chien, leur chien, nommé ainsi, devient juste un chien parmi tous les autres qui existent.

« On ne va pas emmener le chien. »

Ce n'est pas une question. Peut-être qu'il s'adresse à lui-même. Mais sa femme est là dans la même pièce.

Cet homme ne veut plus de son vieux chien. Il ne veut pas de ses usures. Il envie tous les chiots du monde. Cet homme croit que c'est parce qu'il aime la vie quand elle bouge vite. Mais il ne l'aime pas la vie. La vie elle va d'un bout à un autre. D'un commencement à une fin. Aimer la vie c'est l'aimer tout entière. Ce n'est pas aimer que ses débuts, que ses jouvences. Aimer la vie c'est aussi aimer un vieux chien. C'est le porter pour trois marches, c'est veiller sur ses sommeils de partout, c'est lui murmurer de l'affection dans ses oreilles qui ne se dressent plus, c'est ne pas espérer sa perte. Cet homme a maintenant la paresse de cette amitié. Et ce chien, il n'en reconnaît plus son maître, et il sent qu'il l'embarrasse. Il veut mourir bientôt, car le chien veut toujours le bonheur des humains. Cet homme n'a rien compris. Il se parfume à la jeunesse. Un chiot n'a pas encore de nom, le vieux chien en a un. Son nom a résonné pendant des lustres, mais semble avoir été oublié. Ce n'est pas grave, le chien le voit encore, perdu aux commissures des lèvres de l'appel, et il le sent attaché à son collier. Ça lui suffit.

L'homme s'appelle Paul. Il a ce chien qui s'éteint dans son coin. Et il a une femme. Pas d'enfant.

C'était un homme avec des ambitions. Quand il était en vacances au bord de la mer, tous les après-midi vers 17 h, l'heure à laquelle il y avait beaucoup de monde sur la petite plage, il allait regarder les vagues. Il ne nageait jamais. Il s'asseyait sur un rocher, toujours le même, celui d'où il était sûr qu'on le verrait bien, et il regardait les vagues. Avant d'y aller, il s'était changé. Il avait enfilé une élégance faite exprès, faussement négligée. Il s'habillait pour aller regarder ces vagues. Il posait son vélo, et il marchait lentement dans le sable, ses sandales à la main. Il atteignait son rocher en trempant un peu le bas de son pantalon retourné. Il s'asseyait. Il restait 5 minutes, 10 tout au plus ; il ne tenait déjà plus en place. Il regardait discrètement sa montre étanche jusqu'à 100 mètres ; il pouvait s'en aller. Il marchait lentement en sens inverse, chassant le sable des revers de son pantalon, remettant ses sandales, et il remontait sur son vélo. Il n'avait rien vu des vagues. Il avait pensé tout ce temps à ce que les gens devaient dire de lui assis regardant le large. Il imaginait son propre dos, sa silhouette tournée vers l'horizon, cette grandeur de lui-même. Comme ils devaient l'admirer, comme ils devaient trouver remarquable ce rituel de venir voir les vagues sans se baigner, ce besoin de venir les voir chaque jour, vers 17 h. Il allait voir l'eau du bord pour se montrer la regardant. Le temps qu'on remarque qu'il l'avait faite, sa contemplation. Parce que cela faisait bien, de regarder ce bleu qui bouge, cela faisait spirituel. Mais personne ne disait rien de lui, personne ne parlait de lui. Chacun vaquait sans s'en soucier. Tout le monde a des rêves de mer, mais ce ne sont pas les mêmes. On ne connaît rien des rêves qui tournent en rond dans cette tête que l'on a en face et qui bavarde avec nous, on ne connaît rien non plus de son ennui infini.

Paul avait des ambitions, même celle-ci : d'être un rêveur ; mais il ne savait pas comment rêver à autre chose qu'à lui-même. Il rêvait d'être un rêveur. Il n'y arrivait pas. La mer, il la manquait. Il n'avait pas la patience de la conquérir. Il disait « c'est beau », quand quelqu'un l'accompagnait pour une fois. Mais il ne savait pas comment s'en imprégner. Cela aurait demandé une humilité qui lui échappait. Cela aurait demandé de s'oublier.

« On ne peut pas le laisser. »

Paul tourne la tête vers sa femme, ce meuble qui se meut et qui parle, se souvenant d'un coup qu'elle vit là avec lui.

« Tu dis ? »

Il l'avait rencontrée à un jour de l'An. Il ne lui avait pas laissé le choix. Il avait occupé le terrain. Le lendemain il s'installait déjà chez elle. Il était arrivé le 2 janvier avec une valise. Il aurait pu arriver avec des cartons pleins, mais il était déjà marié à une autre femme, et il était parti comme un voleur, comme celui qui va juste acheter des cigarettes et qui ne revient jamais. Il avait tout laissé derrière. N'ayant pas de preuve de son passé, il pouvait en raconter n'importe quoi. Il avait divorcé de cette première femme en énumérant plein de bonnes raisons, et il s'était remarié avec celle du jour de l'An. Elle, elle n'avait jamais voulu épouser quelqu'un. Mais c'était beau il paraît, la fête. Il reste la robe et la couronne de fleurs d'oranger en cire, et les souliers vides, dans une malle.

Il s'était lassé de cette femme. Il avait perdu son alliance. Il avait pris un chien.

Il s'était lassé du chien aussi.

Elle, cette femme, on ne l'entend jamais. Elle est la pudeur même. Elle vient de cette époque où la féminité doit se taire ou dire oui. Une larme d'elle, il faut aller la puiser. Une larme, pas plus, mais énorme, et qu'elle essuie très vite comme si ça n'avait pas eu lieu. Du revers de la main, et ce revers est alors mouillé à la place de la joue. Elle essuie ce revers sur sa jupe. C'est comme de voir pleurer un oiseau, c'est rare.

On la croise dans l'escalier, voûtée sous le poids des courses qu'elle fait seule, elle s'esquive et se colle au mur pour vous laisser passer, jamais elle ne s'impose, elle dit bonjour mais pas davantage si vous n'engagez pas la conversation.

Elle n'a jamais tenu tête à ce mari qu'elle avait à peine choisi, qui était entré dans sa vie par un hasard pas même heureux. Elle avait laissé ce hasard s'installer, elle avait été faible ; et elle l'était restée.

Mais cette fois, avec les soldats qui scandent dehors le départ imminent, elle lui résiste :

« On ne va pas le laisser.

— J'ai dit qu'on ne l'emmène pas.

— Et moi je te dis qu'il vient avec nous. »

Elle a dans le regard une férocité qu'il ne lui connaît pas, et au-dessus, deux sourcils très froncés.

« Mais enfin tu dis n'importe quoi ! On en fera quoi ! Ils l'ont dit que les animaux sont interdits, c'est un bagage qu'on doit prendre et c'est tout !

— Je le mettrai dans mon manteau, ils ne verront rien. Et ce n'est pas toi qui décides ! »

Le chien est couché, le museau posé au milieu des deux pattes de devant. C'est un bâtard très haut et très maigre mais minuscule ; blanc avec de larges taches noires. Il ne sait pas que l'on débat de son destin, là, que ces deux bouches vont se disputer sa vie.

Paul ne s'en est pas rendu compte, mais ce chien est devenu son chien à elle.

Ce chien ignoré par lui s'est mis à prendre le parti de celle sur laquelle on hurlait trop souvent. Il allait se mettre dans ses jambes en jupe. Il levait sa tête vers elle, et lui confiait toute son empathie. Il sentait tous les cris qu'elle recevait, il tremblait. Paul restait son maître, et son chien regrettait ses rires du début, ses caresses du début, il radotait des souvenirs, d'une fameuse partie de jeu, d'une promenade inoubliable, de la fois où Paul l'avait sauvé d'un cours d'eau.

Paul demeurait aussi le mari, l'amour inévitable qui avait tout remplacé de la liberté et de la solitude. Et cela malgré les méchancetés qu'il lui disait, malgré les tromperies, malgré l'alliance perdue. Elle regrettait les bouquets de fleurs, les nuits tournées vers son plaisir à elle aussi, les « chérie » et les désuets « ma mie ».

Ces deux oubliés de Paul s'étaient regroupés, pour pouvoir rester avec lui. Pour se donner du courage face à cet homme décevant.

Paul crie, il ne sait plus s'adresser à elle autrement. Un couple, c'est une habitude de tons.

« Mais qu'est-ce que ça veut dire ! Tu dis que des conneries ! Tu dis que des conneries et tu m'emmerdes ! Tu m'emmerdes depuis tellement d'années ! Si j'avais su jamais je t'aurais épousée ! Tu m'as tiré vers le fond ! J'aurais dû rester célibataire, peinard, à faire tout ce que je voulais, à pas payer les factures, sans toi et sans ce chien qui ne sert à rien ! »

Il ignore cette tendresse qui a été sans cesse offerte à ses pieds ; il lui aurait suffi de ramasser un geste fait furtivement pour son bien, un coup d'œil le couvant, l'attention portée à ses détails, la truffe effleurant sa main, pour se sentir un roi.

« Je t'emmerde je le sais va ! Mais j'emmène Polka quoi que tu en dises. »

C'est impressionnant de rompre ainsi sa propre soumission. Elle vient d'enlever le joug qu'elle avait sur le cou, et sans même s'en rendre tout à fait compte. Ça ne lui a pas coûté davantage que l'effort d'un mouvement qui déplace une chose très lourde, deux bras pendus avec le rocher à poser quelques mètres plus loin, et on le lâche et il s'abat et on ne le bougera plus de là. Quelques secondes de courage et son courage s'est amorcé, il est là maintenant en elle, et sur ses lèvres qui tremblent encore de leur audace. La jument vient de ruer, elle ne l'avait pas prévu. Et ça lui a fait sauter la barrière du champ.

Le joug ne sait pas quoi répondre. Tant qu'il pouvait avoir sa colère à faire peser lourdement, il était délesté. Et voilà que la colère on la lui renvoie.

« Prends le chien ! Je m'en laverai les mains s'ils s'en aperçoivent ! Je dirai que je ne savais pas. Que c'est ma cinglée de femme qui me l'a caché ! J'aurai pas de pitié. La pitié c'est pour les sourds ! »

Polka s'est levé péniblement, il a de l'arthrose dans tous ses os, il a la vieillesse sur l'échine, et les yeux tout embués qui en ont trop vu. Il va vers elle, vers les jambes à la jupe, il les suit à son rythme dans l'appartement que l'on semble sur le point de quitter. Il a remarqué les manteaux posés sur la table, prêts à être enfilés. Et le désordre d'un départ. Il a senti son maître lui donner un coup du bout du pied, quand il est passé devant lui.

Elle a ouvert la valise. Elle choisit peu de choses pour elle-même. Elle la remplit des affaires auxquelles Paul tient le plus et qu'elle connaît. Et de vêtements chauds, et de la photo de leur mariage. Et de la petite bouteille de whisky dont il aimera boire une ou deux gorgées pour se remuer le sang. Les rideaux aux fenêtres ondulent doucement, une houle causée par son corps, par ses allées et venues dans les pièces. C'est comme ça que tu te mets à croire aux fantômes. Polka y croit, et regarde les rideaux avec inquiétude.

Paul serait bien incapable de faire la même valise tournée vers elle. La couleur qu'elle préfère il ne la sait même plus. (C'est le rose très tendre, le rose qu'on dirait blanc.) Il est dans son bureau, et dans un cartable il met sa montre, une liasse de billets, quelques pièces d'or qu'il avait achetées pour les avoir. Et les papiers importants, ceux de ses possessions, de leur appartement, du bateau de la mer.

Il ne sait plus pourquoi il avait nommé le chien Polka, comment ça lui était venu cette idée d'une danse comme prénom. Ça devait avoir un lien avec la joie, mais il ne sait plus trop pourquoi. Ça devait avoir un lien avec un morceau qu'ils devaient beaucoup écouter alors, mais lequel ? Maintenant il trouve ça ridicule.

Le bateau il l'a nommé « Évasion ». Il ne l'a pas depuis longtemps, il n'a pu faire qu'une ou deux sorties avec. Évasion... Quand il pense à son bateau, il pense à ce mot avec un É majuscule. Il l'a fait mettre à sec, pour repeindre la coque, il y a quelques mois ; il pense à lui dans son hangar, avec son rouge rutilant, son rouge enviable. Il pense à cette nouveauté.

Ils sont devant leur porte. Paul a un manteau noir, et une écharpe beige. Sa femme a un manteau brun, et la même écharpe beige. Il la lui avait imposée ; elle, elle aurait choisi la verte si elle avait pu. Mais dans la boutique, le jour où il avait décrété qu'il leur fallait changer d'écharpes, il avait fait un esclandre pour qu'elle prenne la beige aussi. En rentrant il avait jeté les autres, de sorte qu'elle était obligée de porter cette beige-là.

À ses pieds à elle, il y a d'un côté la valise, et de l'autre Polka qui attend le voyage. Elle se baisse douloureusement, à cause de son dos âgé, et elle attrape le vieux chien minuscule, par la peau du cou ; il se laisse faire, il ne craint pas cette morsure de louve. Elle entrouvre le manteau brun, et elle le glisse dans son pull, contre sa poitrine. Le pull elle l'a coincé dans les collants serrés, c'est maintenu, tout ça fait comme un ventre de mère. De la mère qu'elle aurait pu être. Polka aime bien être proche du visage, de la gueule qui mange et parle. Il lui a donné un petit coup de langue à la dérobée. Et il se pelotonne. Elle ferme les gros boutons de corne. Elle est prête. Ses cheveux blancs dépassent de son bonnet. Elle fixe la porte. Elle évite de croiser le regard de son mari. Ce serait la possibilité de se faire piéger, de lui laisser une prise sur sa décision. Les regards qui se rencontrent, ce sont eux qui amorcent tout, des amours et des insultes et des guerres. Elle a Polka, il faut maintenant passer la porte, en évitant la frontière des terribles yeux de Paul, et elle sera dehors avec sa rondeur gagnée. Elle soulève la valise ; elle a l'habitude qu'il lui laisse comme ça le poids de tout, qu'il garde pour lui ses mains pleines de permissions. Elle a l'habitude de ce rôle, de la nourricière, de l'intendante de son propre couple.

La valise est lourde. Ça pèse, déjà elle sent le cisaillement que la poignée fait sur ses doigts, ils sont rouges comme s'ils avaient lavé du linge dans de l'eau froide durant tout le jour, comme s'ils avaient récuré une maison entière.

Elle y a mis aussi les vivres qui leur restaient : quelques pommes d'automne, un peu de pain ; Polka aura sa part. Et le roman préféré de son mari, et aussi ses médicaments pour son cœur à elle. Parce que ce cœur est fatigué de toutes ces années à s'effrayer sous les cris, à se cacher parfois sous la table en se bouchant les oreilles pour ne pas entendre Paul, à s'évanouir et à finir aux urgences avec ce même Paul feignant l'innocence à son chevet. Des années à frémir. Toutes ces mauvaises années.

Malgré son cœur, c'est elle qui porte la valise. Lui, il a son cartable et c'est tout. Elle a passé le seuil. Elle a évité le regard. Il allait parler, mais il n'a rien pu dire au dos qu'elle lui a vite opposé. Un dos voûté, sous le poids de la valise, sous le poids de Polka, et sous son propre poids qui se porte lui-même depuis 70 ans.

Il ferme la porte, à clé, à double tour. Il n'a pas jeté un regret en arrière, sur ce lieu qu'ils quittent. Elle si, mais tout à l'heure, tranquillement pendant une minute qu'elle s'est offerte, alors que Paul était dans son bureau, elle a fait le tour de l'appartement, elle a considéré chaque chose qui va lui manquer, chaque meuble qu'elle ne verra peut-être plus jamais, et les souvenirs de certains bonheurs, et la robe de mariée avec les souliers et la couronne dans la malle qu'elle a ouverte un instant. Elle a fait ses adieux.

Toutes ces affaires sont maintenant seules dans le silence de ce lieu clos ; les pièces vont avoir des craquements qu'on ignore, le bois qui se gonfle et qui travaille, et aussi les tuyauteries qui toussent, une goutte d'eau qui cogne inlassablement l'évier.

Sur une étagère, elle a laissé un rien, un soupir, un souffle d'air.

Ils descendent l'escalier. Il est passé devant parce qu'elle va trop lentement pour lui. Ils ont 70 ans tous les deux, mais lui s'entête à en paraître moins, alors il marche vite, il parle vite, il vit vite. Il croit distancer ainsi la vieillesse et ce qui la suivra.

Elle, elle a ses cheveux blancs, ses rides, et sa lenteur. Il lui reste peu de muscle. Elle doit faire attention à chaque marche, de ne pas trébucher, de ne pas en rater une. De sa main restée libre, elle tient bien la rampe. Elle sent son chêne vernis comme du cuir glacé, et qui brille pareil, qui réfléchit la faible lumière qui rentre par les coursives.

Elle chuchote à Polka des tranquillités. Le petit chien s'est recroquevillé dans sa chaleur et l'écoute et la croit, croit la douceur qu'il entend en elle.

« Tout va bien aller Polka, tu vas te tenir tranquille et tout ira bien... Tout ira bien ne t'inquiète pas je suis là... »

Elle dit ça, elle n'en sait rien, est-ce qu'on sait quoi que ce soit de la seconde suivante ? Ce sont des promesses que l'on fait, et on tente de les tenir. On fait des promesses à un chien, et on tente de ne pas trahir sa confiance. On se fait des promesses à soi-même, des plans et des projets, et ça ne résout rien. On passe à côté. On fait du mal surtout, on s'excuse si on sait s'excuser. Et le temps passe, et personne ne nous a connus.

Elle s'est arrêtée sur le palier du premier, elle respire doucement pour laisser le temps à son corps de se reposer un peu avant les efforts suivants, avant les marches suivantes. Elle ne pose pas la valise, pour ça il faudrait se baisser, et se relever, et se baisser pour la soulever de nouveau ; elle tente de l'oublier, d'oublier le mal qu'elle lui fait à la main, d'oublier la tension qu'elle ressent dans l'épaule. Paul est déjà en bas, sûrement. Il ne l'a pas attendue.

Encore un étage à descendre, le dernier. Il faut qu'elle fasse attention, à la quatrième marche qui n'est pas sûre, qui bouge un peu. Et la voilà les pieds dans la neige, dans la cour. Elle inspire profondément. Son cœur bat très vite. Paul est dans l'entrée de l'immeuble, furieux d'impatience. Il a besoin d'elle pour monter dans un camion ; ils ont des listes les soldats, et dessus il doit y avoir leurs deux prénoms côte à côte. Il a besoin d'elle pour cocher la case de son couple. Il lui en veut comme si c'était sa faute, ce départ, cette guerre même. Tout dans son visage la déteste comme d'habitude. Il n'a plus aucune belle émotion pour sa femme. Il a pour elle un cœur noir.

Sur la chaussée, la neige est noire aussi, sale de la poussière des ruines. De la neige calcinée. De la neige damnée, qui ne ressemble plus à de la neige, qui ressemble au marasme de l'effondrement d'un monde tombé. Là où ça a été beaucoup piétiné, il y a des flaques dans lesquelles aucun oiseau n'oserait boire, même s'il y en avait encore volant au-dessus de la ville. On se croirait sur le pont d'un navire qui prend l'eau, avec ce bruit de clapotis que font les pas s'attroupant autour du convoi. Mais là où rien ne marche ni ne roule, c'est tout blanc.

Ils se mettent dans la file des B. Paul est à un pas d'elle, devant. Quand il ne la presse pas d'avancer, il fait comme s'il ne la connaissait pas. Il ne veut pas qu'on l'associe à cette silhouette de vieille femme, ayant un ventre étrange en plus, à cause du « clebs ». Il a honte, honte d'être encore marié à cette femme sans allure, et qui traîne. Elle l'exaspère. Si ça continue, ils n'auront pas de bonnes places dans les camions. Il se plaint déjà d'avoir les pieds gelés, alors qu'il a certainement les meilleures chaussures à la ronde, les plus chères, un peu trop neuves et qui couinent encore.

Elle, elle regarde la neige blanche qui fait de gros monceaux sur les trottoirs. Elle la contemple. Elle contemple ce blanc parfait. C'est rare la neige ici, dans cette ville ça faisait des années qu'il n'y en avait pas eu. Avant cet hiver total, on en voyait seulement quelques flocons par an, s'attardant sur les branches des arbres et sur les toits. Elle avait oublié ce don de la neige à tout renouveler, à nous faire redécouvrir un paysage rabâché. Et elle ne peut que s'en réjouir. Avec le ciel de ce matin qui est rosé un peu parce qu'il y aura du vent bientôt, ça fait presque ce blanc qu'elle adore, ce blanc tirant vers le rose de certains premiers pétales à la floraison ; celui des pommiers notamment. Ce rose extrêmement tendre. La suggestion du rose.

Cette neige, elle n'arrive pas à la maudire pour le froid qu'elle rajoute.

Elle se souvient, quand elle était petite et qu'elle vivait à la campagne, il y avait toujours un matin où elle se réveillait, avec ses sœurs et son frère, et tout était blanc dehors. C'était tombé pendant la nuit. Et ils voulaient aller jouer, faire des bonhommes, des descentes en luge, des histoires inimaginées. Mais leur mère, ce matin-là, refusait qu'ils sortent, vénérant cette première neige. Elle voulait pouvoir contempler sa pureté sans un pas, sans une trace humaine. Il ne fallait pas aller marcher dessus, il ne fallait pas l'abîmer la neige, son jardin sous la neige. Il ne fallait pas lui faire des trous. Il aurait fallu ne plus jamais marcher nulle part dès qu'il avait neigé. C'était le premier jour. Alors ils regardaient comme elle ce silence blanc, à travers les carreaux, comme ils regardaient le feu dans la cheminée, dans la même hypnose, exactement.

Après, lorsqu'il y avait encore cette belle pluie, quand c'était sûr qu'il en tomberait encore et encore et que ce serait recouvert encore et encore, sa mère ne disait plus rien et ils pouvaient sortir démolir un peu la poudreuse. Faire des batailles qui étaient une guerre. Oui mais c'était une guerre rieuse. Il n'y avait pas de vrais morts. On tombait sous les balles avec un sourire qui ne savait pas s'empêcher. Des morts tombant au ralenti, s'installant confortablement dans une pose figée, ne retenant pas longtemps la respiration arrêtée pour y faire croire. L'enfant joue à la mort sans cesse. Pour la côtoyer, la comprendre, l'apprivoiser. S'y préparer, peut-être.

« Oh, tu m'écoutes ou pas ? Ça va être notre tour bientôt, moi s'ils s'en aperçoivent je ne t'aiderai pas je te préviens ! »

Ah oui, tiens, ça va être leur tour, bientôt. Elle caresse son ventre, d'un geste qui pourrait faire croire que c'est pour se réchauffer un peu. Son cœur usé bat encore très vite, Polka doit même le sentir et il remue un instant ; elle caresse son ventre de nouveau. Il y a son écharpe devant, ça n'a pas dû se voir. C'est pour lui qu'elle a peur. S'ils le trouvent ils feront quoi ? Il ne tiendra pas une journée par ce froid, vu la vieillesse et la faiblesse qu'il a. Dans une file à côté, il y a un homme avec un chien, il n'a pas dû entendre que les animaux étaient interdits, qu'il fallait les laisser ; ou bien il a entendu mais il tente sa chance. Elle lui lance un regard, elle montre du menton le chien tenu en laisse, elle tente de l'avertir. L'homme semble ne pas comprendre.

Paul est devant, il s'en fiche, il se fiche complètement de ce qui arrivera à Polka. « Ça aurait été moi, je l'aurais lâché dans la rue et il se serait démerdé, c'est ce que doivent faire les chiens, ça doit être instinctif ! Il se serait démerdé et ça n'aurait plus été mon problème. Je l'ai nourri pendant des années, alors… Mais là, s'ils le voient, si ça se trouve on devra payer une amende, ou quelque chose dans le genre, ou attendre le prochain convoi, et encore, s'il y en a un ! Ah jusqu'au bout elle m'aura fait chier, avec ses lubies, là, avec sa sensiblerie ! Le chien je te l'aurais bazardé sans histoire moi ! C'était pas censé être un embarras à la base ! Et voilà qu'il a commencé à avoir du mal à marcher, à faire des manières pour tout, comme elle du reste ! Et il n'a que onze ans, pas de veine qu'il ait vieilli si vite, on m'avait dit quinze ans au moins quand je l'ai acheté, je me suis fait avoir c'est sûr ! Je te l'aurais bazardé moi ! »

C'est leur tour.

« Monsieur ?

— Bernard. Paul Bernard.

— Vous êtes deux c'est bien ça ?

— Oui, voilà ma femme.

— Et vos bagages ?

— J'ai un cartable, et ma femme, et une valise. Je veux dire, et ma femme a une valise. »

Elle, elle sourit. Elle leur sourit. Elle a toujours pensé que face à une autorité, un sourire arrange tout. Elle sourit, avec ses cheveux blancs qui lui encadrent ce sourire. Avec ses bons yeux clairs qui ont l'air d'être ceux d'une mère. C'est ce que se dit le soldat. On dirait sa mère, elle lui ressemble. Et la pauvre, c'est elle qui porte la valise.

Paul voudrait qu'elle arrête de sourire.

« C'est bon, montez. »

Ils sont dans le camion, et le soldat n'a même pas eu un coup d'œil pour le ventre fautif. Elle continue de sourire, mais c'est de soulagement.

Paul continue de la mépriser, mais maintenant c'est pour son succès. Lui aussi s'il avait fallu il aurait pris ce risque.

« Il n'a pas été malin lui, il est avec son chien, il aurait dû s'y prendre autrement ! Ah c'est le clodo qui vit dans le quartier ! »

Et puis on entend un coup de feu.

« Ils ont abattu son chien, au clodo ! Un coup de sang d'un soldat, et il a bien fait après tout. Les règles c'est fait pour être respectées. Si ça avait été Polka à la place, eh bien ça aurait été comme ça voilà. Et les gens qui courent partout maintenant, on dirait des bestioles ! »

Ça l'a fait sursauter, et Polka avec. Elle croise ses deux bras sur son ventre, pour le contenir, pour le calmer.

Polka s'endort. Elle le sent qui s'endort, qui oublie le coup de feu. Qui oublie tout. Dans le camion qui démarre.

Polka est mort sur son ventre, pendant ce voyage, exténué de manques. Elle ne l'a pas senti mourir. C'est juste que son poids a changé, qu'il s'est relâché, sa charge était différente, alors elle a compris.

Elle avait préféré sauver une vie plutôt que des objets. Une femme doit sauver quelqu'un dans une vie. Elle n'avait pas pu sauver Paul alors elle avait voulu sauver le chien de Paul. Elle a retenu ses larmes, comme elle en avait l'habitude. Mais si on l'avait bien regardée, on aurait vu perler au bord de ses yeux clairs, deux gouttes, qu'elle a vite essuyées du dos de sa main droite.

Marek

On est venu secouer la porte de Marek. Il s'était mis à sa fenêtre, il regardait la rue d'en haut comme une bravade qui résiste. On a vu cette tête échevelée qui dépassait d'un troisième étage au lieu de s'affairer chez elle, et deux soldats ont reçu l'ordre de le faire descendre ; ils lui ont lancé leur appel avec des mégaphones ; la tête ne bougeait pas, alors ils sont montés. Cette évacuation est un ordre, un sauvetage ne se refuse pas. Dans l'escalier, on entendait le martèlement de leurs bottes gardant la cadence de la discipline. Même si on ne l'avait pas su, on aurait pu jurer que c'était des soldats, ou des danseurs sans grâce. Ils ont trouvé la porte, c'était la seule qui était bleue, on ne pouvait pas la rater, on ne pouvait que la reconnaître ; c'était la porte d'une indépendance, la porte de celui qui peint en bleu quand ça doit être en morne, la porte de celui qui chante quand il fait nuit, la porte de celui qui dort quand tout le monde crie. Elle était bleu clair, et même, elle n'était pas de ces bonnes portes bien lourdes, bien solides, des autres appartements ; elle avait subi des accidents, des accrochages, des pieds de biche peut-être, et elle avait été rafistolée avec des morceaux de planches, peints dans d'autres bleus, ce qui faisait que cette porte avait l'air d'un ciel d'été sur la mer quand ça va changer, quand il pleut à certains endroits de l'horizon. L'un des soldats a frappé tout de suite très fort dessus, sans s'arrêter ; le déchaînement d'un poing sur une porte indocile. Il l'aurait cassée s'il avait fallu. Mais elle s'est ouverte, et le poing s'est retrouvé dans le vide, dans cette absurdité d'un geste qui ne peut plus avoir lieu.

Marek était là, à la place de la porte. Un rempart similaire. Il ne les invitait pas à entrer. Il était là devant eux puisqu'ils avaient frappé et qu'il avait ouvert. Ses pieds étaient écartés, un peu trop, pour être bien ancrés, pour faire barrage et le signifier. Il portait des pantoufles brunes à carreaux jaunes, trouées au bout aux gros orteils. Ses chaussettes étaient rouges. Au-dessus de ça, c'était un homme pas très grand mais large, une bâtisse, avec une figure ronde, des joues se mangeant de l'intérieur par une nervosité répétée, des yeux qui semblaient noirs dans le contre-jour, des sourcils très marqués et dont les poils faisaient des vrilles comme les petites tiges des pois de senteur, et des cheveux un peu longs et légers qui ne tombaient pas sur ses épaules mais qui restaient en l'air comme sous le coup d'un vent qui n'aurait poursuivi que lui. Ils étaient grisonnants, en train de vieillir, c'était le début du déclin d'une vie. L'une de ses mains restait sur la porte, par précaution, par crainte, pour pouvoir la fermer vite. Il portait un pantalon de velours côtelé et râpé, et un pull tilleul avec une écharpe turquoise. Et des lunettes, simples et sérieuses de professeur ès quelque chose, mais dont l'une des branches avait été remplacée par un fil de fer bricolé. Il les laissa parler les premiers. Il n'avait rien à dire, lui, il n'avait rien demandé. Le soldat du poing lui débita les consignes répétées depuis tout à l'heure.

« Monsieur, vous n'avez sûrement pas entendu, nous évacuons la zone, dépêchez-vous de faire votre bagage, seulement ce que vous pouvez porter, un seul sac, les camions repartent à midi. »

Il avait crié presque, par habitude des phrases lancées loin, et alors que Marek se tenait à quelques centimètres seulement, à un avant-bras de distance. Marek avait bien entendu. Oui. Déjà. Déjà la première fois tout à l'heure, et aussi toutes les répétitions depuis 11 h, depuis plus de 10 minutes. Il soupire. Ce n'est pas par désespoir, mais par une lassitude d'avoir à leur dire à voix haute ce qui lui paraît évident : ils perdent leur temps avec lui, ils feraient mieux d'aller aider la vieille dame d'à côté.

Il leur répond pourtant. Il leur dit ça, qu'il ne viendra pas, qu'il ne montera pas dans les camions à midi. Il a un accent. Il est slave. Son polonais lui est resté sur sa langue ; c'est une langue qui s'accroche, le polonais. Mais c'est comme toutes les langues maternelles, c'est le giron dont on ne sait s'éloigner tout à fait, le réconfort, le pli que l'on a pris et qui a été bien écrasé avec l'ongle de l'enfance. Marek ne parle pas le français, il parle le polonais qui se lie au français, il parle une rencontre. Parfois, si on lui en laisse le temps, s'il ose laisser les autres être les témoins de ses efforts, il veille à une perfection grammaticale, il martèle moins les fins des mots ; mais ça ne dure que quelques phrases dont il a la fierté ensuite, dont il se souvient comme d'une prouesse qui lui a fait plaisir. Et puis son ourlet de polonais reprend ses habitudes.

« Je suis désolé, je viendrai pas avec vous, je veux rester ici, c'est chez moi. »

Il s'était préparé à cette idée. Il avait décidé que s'il fallait partir, lui ne partirait pas. Jamais. *Nigdy*. Celui qui a dû s'exiler une fois dans sa vie, celui qui a eu tout à quitter déjà, on croirait comme ça qu'il peut partir de partout, que c'est devenu facile, qu'il sait comment s'y prendre, comment s'arracher. Qu'il a dû acquérir cette sagesse dont personne n'est capable véritablement, pourtant : celle de ne tenir à absolument rien. Que ça ne lui coûte plus d'aller tout recommencer ailleurs. Mais même l'oiseau migrateur, s'il migre, ce n'est pas sans retour ; il retrouve chaque année sur sa route des étapes, un pré où l'on se nourrit bien, des points de repère, ses étoiles, un ancrage aux deux extrémités du parcours. Et il revient avec des odeurs de l'Afrique dans ses plumes, qu'il lisse.

Marek vit dans cet appartement depuis qu'il a 24 ans, et ça fait plus de 30 ans. Un certain âge d'aîné déjà. C'est un petit appartement, avec une grande liberté. La porte en est bleue, dedans et dehors. Il y a une fenêtre et c'est sa fenêtre. Un canapé sur lequel il dort quand il dort. Une table. Un tabouret. Trois tapis aux dominantes rouges, qui se superposent aux angles et aux bords. Un lavabo dans lequel il se lave et fait la vaisselle. Une plaque électrique sur laquelle il réchauffe des boîtes de conserve. Les murs sont d'un rose en lambeaux. Le canapé est rouge, aussi. Et des livres. Des livres, partout des livres. Sous la table, sur la table, sur des étagères, sur le tabouret, des piles hautes comme des hautes herbes, prêtes à s'écrouler si on les effleurait. Ils ont tous été lus, chacun, ça se voit, et même plusieurs fois, ils sont cornés, gondolés, parfois ouverts à un certain passage et empilés comme ça. Ce n'est pas rangé alphabétiquement, un Tolstoï est au-dessus d'un Camus qui est au-dessus d'un Melville qui est au-dessus d'un Claudel qui est au-dessus d'un Steinbeck qui est au-dessus d'un Eliade et Giono et Colette, et d'autres encore, là juste sur le haut de la pile qui suit le chambranle de la porte. Sinon les livres, il y a une casserole, des couverts pour deux personnes pas plus, plein de cendriers presque vides, quelques vêtements en boule dans un carton, une lampe avec un abat-jour éventré, un radiateur à huile, un panier, une couverture rayée, un oreiller jauni. Sur l'un des lambeaux de rose, une carte postale est punaisée, c'est un tableau de Matisse et à lui tout seul il calme le désordre.

Il n'y a qu'une pièce, son royaume. Marek y fait ce qu'il veut, il y lit ce qu'il veut, il y pense ce qu'il veut. Il ne se lave pas tous les jours. Il vit seul. Il parle seul. Il fume et n'aère pas, c'est son encens à lui.

Il ne veut pas s'en aller dehors loin de tout ça. Jamais, *Nigdy, et cetera*. Il sait ce qu'il a, ce qu'il aurait à quitter ; il ne sait pas ce qu'il trouverait dans cet ailleurs qu'on veut lui imposer. Là, même si tout s'écroule, même si c'est la fin tout à l'heure, ce sera la fin qu'il aura choisie. Même si l'immeuble s'effondre et lui avec, il sera dans des décombres connus, une tombe qu'il préfère à une autre.

Il y a souvent pensé, que ce serait sa décision, et il s'y tiendra. Il avait déjà eu à tout abandonner une fois, il savait ce qu'il ferait s'il le devait de nouveau.

Le soldat du poing le regarde là, il le toise, il toise cet insensé. « Il n'y a qu'à voir son appartement, c'est sale, c'est sombre, c'est encombré, c'est le bordel, et autant de livres pourquoi ? C'est un peu un fou, sûrement. Un intellectuel solitaire, un type qui ne sort pas de chez lui. »

Mais il lui parle calmement, comme il le ferait avec un animal qu'il ne connaît pas et qui peut être mauvais :

« Monsieur, écoutez-moi, nous avons ordre d'évacuer tout le monde, sans exception. Venir avec nous n'est pas une option, c'est une obligation. Mettez quelques affaires dans un sac et suivez-nous. S'il vous plaît.

— Je vous ai dit déjà, je viendrai pas dans les camions, je bougerai pas je reste. Je vous ai déjà dit. »

Ils parlent, et les lunettes de Marek se sont embuées, on ne voit plus du tout de quelle couleur peuvent être ses yeux. Ils parlent, et en parlant ils font de la brume, le chaud qu'ils ont en dedans se confronte au froid du palier.

L'autre soldat tape ses pieds l'un après l'autre. Il est jeune, il est pâle, il est roux. Il ne regarde pas Marek, ni l'intérieur de l'appartement. Ses yeux, il les tient comme en laisse, loin d'un éventuel danger de contact, il les pose sur la sonnette, sur ses bottes, sur les premières marches de l'escalier qui mène à l'étage suivant, sur sa paume, sur son treillis, sur son arme. On lui donnerait 20 ans. L'âge de ceux qui ne savent pas encore cacher un embarras. Il n'a rien dit pour l'instant. Il est là, comme l'ombre simple de l'autre, de celui qui parle.

« Monsieur, nous n'avons pas le temps, de discuter comme ça de si vous allez venir ou non, vous allez venir, vous n'avez pas le choix. Je le répète : prenez vos affaires.

— *Nie*. Non. Je viens pas.

— Vous allez venir de toute façon. Alors pourquoi on discute ?

— Je reste.

— Vous allez venir.

— Je viendrai pas. Vous pouvez pas me forcer.

— Je peux tout à fait vous forcer et je vais vous forcer ! Nous on a reçu un ordre, celui de vous faire monter dans un camion. On vous sauve vous savez ! Vous devriez juste avoir votre sac à la main là et dire merci et nous suivre et c'est tout !

— J'ai pas à dire merci pour ça et je vais pas dans vos camions.

— C'est pas compliqué plus longtemps alors. »

Le soldat fait deux pas, poussant Marek de l'épaule, et il entre. Marek n'a pas eu le temps de fermer son royaume. En passant, l'intrus a fait tomber la pile du seuil, celle de *Guerre et Paix* au-dessus de *L'Envers et l'Endroit* au-dessus de *Moby-Dick* au-dessus du *Partage de midi* au-dessus d'*Au dieu inconnu* au-dessus du *Sacré et le profane* au-dessus d'*Un roi sans divertissement* au-dessus des *Vrilles de la vigne* au-dessus d'autres encore... La pile s'est écroulée d'un coup, laissant seulement trois ou quatre volumes ensemble, ceux du bas. Ça n'a pas fait de bruit vraiment, le son d'une giboulée de papiers rassemblés, le son de quelques gouttes frappant vite le sol et se taisant aussitôt. Mais par terre, ce sont des mondes outragés. Un peu de Mesa, de Natacha, d'Achab, de Langlois, bousculés sans respect. Pour Marek, c'est un affront. On marche dans son champ et on en a couché une tige de bons grains, une des meilleures, une des plus porteuses. Et ce n'est pas comme si on l'avait cueillie pour en faire une gerbe de triomphe, pas comme si on l'avait cueillie pour un bouquet d'avidité. C'était un élan aveugle, l'élan d'un corps borné.

Le roux veut ramasser les livres maintenant qu'ils sont tombés, aider Marek à les ramasser. Il s'empresse, il se baisse, il prend les titres dans ses bras, il en est chargé ; c'est lui qui a *Guerre et Paix*. Il a calé droit son tas, et il le lui tend avec un sourire qui rougit. De la peau diaphane de roux qui s'empourpre aux émotions trop fortes ; il ne dit rien ; il est désolé. Marek les a pris en les lui arrachant presque. Il les pose à ses pieds, et il continue de ramasser ses mondes, et les essuie du dos de la main, d'une caresse qui est lente, d'un réconfort, pour chasser les poussières et les gouttes de neige fondue apportées par les bottes, et dont il se ficherait si c'était arrivé là autrement, qu'il ne remarquerait même pas d'ailleurs. Ce qu'on ne peut pas supporter, ce qui peut être insupportable, c'est la poussière des autres, c'est celle-là qui dérange. La tienne, ou même celle de ta famille, elle ne t'écœure pas. Les pires poils dont on ne veut pas parler et qu'on trouve dans la salle de bain, par exemple, si ce sont ceux des êtres qu'on aime, on les tolère et ils ne nous sont pas immondes. En certaines circonstances on pourrait presque les chérir. Mais la poussière des autres, on la voit, on la remarque, et on la chasse. C'est ce que fait Marek de cette poussière accidentelle, venue par ces soldats qui sont chez lui sans qu'il ait rien demandé. C'est un geste de défi, c'est un geste qui déclare qu'ils le gênent. Il essuie les livres, et il les replace en pile, alternant les titres dans ce rangement qui n'est clair que pour lui. En dedans, il crie, ça ne s'entend pas, mais il crie, et beaucoup, il maudit il insulte il s'insurge. Ses sourcils font des bonds, sa tête va de droite à gauche, une négation appuyée qui se montre. Tout son corps dit non.

Le soldat entré ne s'est même pas aperçu de la chute. Il n'a pas tourné la tête au son de la giboulée. Il se moque des poèmes. Il est entré avec un but, celui de remplir ce panier, le seul sac ici, avec ce qu'il trouve de nécessaire dans le lieu de cet homme échevelé en pantoufles qui ne veut pas partir, « le fou, un fou ». Et c'est ce qu'il fait, il remplit ce sac qui servait aux courses avant, qui ne se ferme pas, qui est en alfa du soleil, avec des poignées pas solides, des poignées tressées qui sont en train de craquer, qui craqueront bientôt et peut-être même aujourd'hui, sous la brusquerie de l'urgence. Un couteau, de l'eau, le porte-monnaie qui était posé sur la table, la carte d'identité ondulée et cloquée qui était à côté, la boîte d'aspirine sur le lavabo. Et dans cette brutalité du soldat qui maugrée tout en remplissant le panier, il y a de la bienveillance, même si elle est mécanique. Il le charge de ce qu'il croit être important. Mais il y a deux importances. Il y a la sienne, et il y a celle de Marek. Et elles ne peuvent pas se croiser.

Marek n'avait pas de métier. Il en faisait des petits, dans le quartier. On les lui donnait comme on lui aurait donné du pain ou une parole amicale. Au bout d'une semaine ou deux, il oubliait d'y aller. Quand il se souvenait d'aller travailler, la place avait été prise. Alors quelqu'un lui confiait un autre travail. Il avait peu de besoins. Et les livres, souvent, on les lui donnait. On les posait devant sa porte. Ou dans l'entrée de l'immeuble. Et chacun savait que c'était pour lui et ne se servait pas. Il avait toujours quelque chose à faire, et il ne s'allongeait pas pour contempler ses murs, les roses. Il lisait constamment, même en marchant, ou en mangeant sa boîte de conserve réchauffée, ou à son évier en se lavant. Il lisait en s'endormant. Il citait des morceaux appris par cœur aux gens qu'il rencontrait, il voulait les contaminer de son enthousiasme. Il disait : « Écoute ça, écoute ça, je l'ai lu ce matin : "Que les choses arrivent ou n'arrivent pas, c'est l'attente qui est magnifique !" C'est dans *Nadja*, d'André Breton ! C'est beau, hein que c'est beau ? » Et on lui répondait que c'était beau oui. Et ça l'était, parce que la phrase, il nous l'offrait à travers lui, et peut-être qu'on ne l'aurait pas vue nous, ou pas vue pareille, si on avait été seuls devant elle. Il nous la faisait voir, ou plutôt il nous la faisait entendre et comprendre. Marek était un prisme qui changeait la lumière. On avait des yeux neufs, on se répétait la phrase, et puis on oubliait la phrase ; mais il nous en offrait une autre, quelques jours plus tard. Il lisait pour nous.

Il préfère reconstruire sa pile. Et puis s'asseoir. Il laisse faire le soldat avec le panier. Qu'il le remplisse si ça lui chante tellement de perdre son temps. Il ne va certainement pas l'aider par contre, à le remplir pour rien. Il s'assoit, et il se met à lire. Là où il en était avant qu'ils frappent à sa porte. Il n'y arrive pas, alors il fait semblant. Le soldat roux ne sait plus du tout où se mettre. Il est posté avec ses bras et ses jambes à n'en savoir que faire, même pas un garde à vous ni un repos. Il voudrait s'en aller. Et il le dit. Ce sont ses premiers mots depuis qu'ils sont montés, et il les ânonne : « Dis, on pourrait… y aller non ? Tu… fous quoi… ? Il t'a dit qu'il… voulait pas venir… » Et il avale sa salive.

Marek ne sourit pas, mais il se dit qu'au moins il l'a écouté lui. Ça ne change rien, l'autre a à peine relevé, et il continue de gorger le sac avec des machins que Marek ne savait même pas posséder. Tout ce qu'on peut avoir, sans s'en rendre compte. Une lampe torche, un pot de confiture vide, une petite scie, des jumelles. C'était dans des tiroirs qu'il n'ouvre jamais.

Les bouts de ses doigts qui ne s'activent plus et qui tiennent le livre se gèlent avec la porte ouverte, son nez aussi, et ses orteils dans les trous de ses pantoufles. Mais il fait mine, d'être bien, d'être à l'aise sur son canapé.

Le soldat autoritaire a maintenant trouvé les chaussures d'hiver de Marek. Les seules chaussures fermées, et qui sont encore mouillées par sa dernière sortie dans la rue. Elles ont ces auréoles blanches et indélébiles que le cuir prend quand ça a mal séché longtemps. Ce sont des chaussures misérables mais Marek n'a que celles-là, et il les a recloutées lui-même pour faire tenir la semelle qui baillait. Le soldat les pose à ses pieds. Plutôt, il les laisse tomber à ses pieds. Pour qu'il les mette, qu'il les lace et c'est péremptoire. Cette chute a fait office d'un nouvel ordre qui aurait sûrement été crié sinon ; quand on crie par le rythme des mots, quand on crie par le son des mots, ou quand on crie par un geste.

Marek contemple ses chaussures, d'un œil qui se vide, qui n'en veut pas.

Il écrit cela en lui-même, un murmure qui n'est pas proféré :

« Ici c'est ma terre

Et un homme a besoin d'en avoir une pour lui

Il a besoin de se refléter dans la poignée de sol qu'il ramasse

Et cette poignée peut être de la tourbe ou de l'argile ou de la boue,
la poussière d'un plancher,
un peu de plâtre effrité par un mur.
C'est celle sur laquelle il est né, ou celle sur laquelle ses ancêtres ont vécu, ou celle qui porte leurs crânes, ou celle qu'il a choisie pour son désir d'y vivre
Et cette terre ne lui appartient pas
Mais il en a besoin aussi pour l'instant dans la fosse où l'on jette sur son cadavre un peu de cette patrie
Pour ce moment des prières muettes, qui croient ou qui ne croient pas
Pour le bout des adieux qui se fait par ce recouvrement.
On peut enterrer un homme dans du sable, même si le sable s'envole.
Cet appartement c'est ma terre,
J'y mourrai quoiqu'on en dise,
et alors, si vous êtes là, jetez sur moi un peu de mon vestige. »
Il ne mettra pas les chaussures.
Le soldat a fini de remplir le panier. Il regarde Marek, et le voit encore en pantoufles, encore assis, encore braqué. Alors il se dirige vers lui, c'est trois pas à faire, et il empoigne son bras. Le bras résiste, il se durcit comme un bois sûr, le muscle se tend, tous les muscles se tendent, tous les muscles se rassemblent dans une même rigidité immobile. Tout le corps de Marek est devenu un poids mort qui s'agrippe à son vœu, et à la table, et au livre qu'il a encore dans une main. Mais le soldat insiste, soulève un peu cet

« âne ». Il l'emportera, il a cet ordre à accomplir, il doit redescendre avec cet homme. Il le lève, la table glisse et s'écarte, et fait tomber d'autres livres, beaucoup. Marek ne se laisse pas faire, ne se laisse pas emporter par cette force qui le tire, il ne se laisse pas couler dans cette volonté qui est contraire à la sienne. Il s'oppose. Il tient encore le livre. Il s'accroche à la table. Il sent vers où ça va. On l'oblige.

Le panier se renverse, et répand son contenu. Les quatre pieds de ces hommes se débattent les uns contre les autres, marchent sur tout ça et sur les livres, et la neige sale des bottes abîme des phrases. Les hanches s'obstinent, les épaules s'obstinent, les yeux se lancent tout le noir qu'ils peuvent. Il n'y a pas de son de voix. Il n'y a que des bruits confus et saccadés, de souffles, de choses pliées, de papier froissé. De pas répétés sur place. Des pas qui n'avancent pas, qui tournent dans le rond d'un désaccord inépuisable. Le soldat roux ne bouge pas lui. Marek a les cheveux hirsutes d'une rage qui n'en peut plus. Il ne voulait rien que sa porte close protégeant son logis. Il a suffi de cette seconde, de cette seconde de lassitude, pour que la prise du soldat se fasse implacable. Il entraîne déjà Marek dans l'escalier.

« Eh, tu vas t'décider à m'aider merde ! Tiens lui l'autr'bras, et tiens le bien ! »

Le roux se réveille à l'ordre qu'on lui donne, il ne réfléchit plus, il oublie ses pensées, attrape l'autre bras de Marek. Ils commencent à descendre des marches, les pieds aux pantoufles s'agitent, il faut presque le porter comme on porte un homme ivre. Au passage, le roux a attrapé les chaussures, il les coince comme il peut. Marek retourne sans cesse sa tête. Il ne regarde que vers là, vers l'arrière en hauteur des marches, dans une torsion pleine de détresse.

Il leur dit : « Vous avez pas fermé ma porte bande d'enfoirés ! » Les soldats font comme s'ils n'entendaient pas. Ils sont au deuxième étage. Marek ne peut plus voir son appartement. Il tente un soubresaut des coudes, ça les a fait lâcher prise, il remonte déjà, ils lui attrapent les chevilles, il tombe, sa tête s'en va cogner la rampe, une dent se casse et rebondit dans l'escalier, une goutte d'ivoire perdue. Ils l'ont relevé : « Ça va, ce n'est qu'une dent, on vous soignera dans le camion. » Il a la tête qui tourne en dedans et ne lutte plus. Il descend le dernier étage presque tout seul, en chaussettes ; il a perdu ses pantoufles entre ces trois étages. Le soldat roux lui donne les chaussures mouillées. Marek s'assoit sur une marche, et les enfile. La sueur sur leurs visages à tous les trois se glace, un masque d'engourdissement dans le froid cinglant.

Ils passent l'entrée de l'immeuble, et puis la porte cochère. Ils sont dans la rue. L'ordre est presque accompli. Ils se dirigent vers les camions. Mais quelque chose ébranle Marek, et le ramène à sa détermination.

Ce quelque chose c'est qu'il vient de croiser Sylvain et son regard, un regard de jeune homme très avide de bravoure. Ce qui se ravive c'est sa fierté. Une fierté incontrôlable, attisée par un jeune ami. Il se met à donner des coups comme un enfant, à se débattre, à ébrouer ses bras ses jambes de l'escorte des deux soldats. Et il hurle :

« Je partirai pas, vous entendez ! J'en ai rien à foutre qu'on me sauve ! Vous m'obligerez pas ! Et me sauver pourquoi ! Je bougerai pas d'ici ! Et vous avez laissé ma porte ouverte ! Y a mes livres chez moi et je peux pas choisir lequel emporter ! Je peux pas choisir ! J'ai pas de femme pas d'enfant ! J'ai rien à sauver ! Qu'est-ce que j'aurais à sauver ! J'vous ai rien demandé bordel ! Et y avait un merle qui venait tous les soirs pour des miettes et je sais pas où il est ! Et je peux pas emmener le bruit que fait mon parquet quand je rentre ! Et je peux pas emmener la tache de soleil qu'il y a juste sur le haut de la couverture quand je m'réveille ! Je viendrai pas bordel de dieu ! »

Et son poème lui revient. Il le déclame maintenant, haletant, entrecoupant, cassant les vers, ou les disant d'une traite sans reprendre de souffle.

« Ici c'est ma terre ! Et un homme a besoin d'en avoir une pour lui ! Il a besoin de se refléter dans la poignée de sol qu'il ramasse ! Et cette poignée peut être de la tourbe ou de l'argile ou de la boue, la poussière d'un plancher, un peu de plâtre effrité par un mur ! C'est celle sur laquelle il est né ! Ou celle sur laquelle ses ancêtres ont vécu, ou celle qui porte leurs crânes, ou celle qu'il a choisie pour son désir d'y vivre ! Et cette terre ne lui appartient pas ! Mais il en a besoin ! Aussi pour l'instant dans la fosse où on jette sur son cadavre un peu de cette patrie ! Pour ce moment des prières muettes, qui croient ou qui ne croient pas ! Pour le bout des adieux qui se fait par ce recouvrement ! On peut enterrer un homme dans du sable ! Même si le sable s'envole ! Cet appartement c'est ma terre j'y mourrai quoiqu'on en dise ! Et alors si vous êtes là jetez sur moi un peu de mon vestige ! »

Il a remplacé tous les bruits. Il les a comblés avec son ampleur. Tout le monde s'est tu. Pas forcément pour écouter le sens, mais pour sentir le sens. Pour sentir ce point d'orgue dans l'air glacial ; même les deux soldats. Le poème est fini. Ils vont pour le tirer de nouveau, avec leur ordre buté.

Mais on les interpelle :

« Laissez-le !

— Vous ne le connaissez pas ! Il s'appelle Marek...

— Laissez Marek ! De toute façon vous ne faites pas le poids face à lui ! Il est plus brave que nous tous ! Il est grandiose ! Vous n'arriverez pas à l'emmener !

— Mais pourquoi tu t'en mêles Sylvain, tu vas nous faire remarquer !

— Ça m'est égal !

— Il devrait n'y avoir que ta famille qui compte !

— Il n'y a pas que nous tout le temps ! Laissez-le je vous dis ! Laissez-le il n'obéira jamais ! Il veut mourir ici !

— Sylvain arrête... Tu n'en sais rien...

— Il me l'a dit !

— Ce Marek !

— Ce qu'il vient de dire est vrai ! Il mourrait pour ça. Il mourra ici tant pis qu'est-ce que ça peut vous faire à vous ?

— Même si vous l'emmenez, il sautera du camion dans lequel vous l'aurez fait monter, il sautera même en marche, même s'il doit se tuer dans la chute !

— Laissez-le on vous dit ! Laissez-le, il n'obéira jamais !

— On ne peut pas forcer quelqu'un à se sauver...

— C'est sa vie ! Laissez-le !

— Après tout oui. Laissez-le, qu'il reste s'il y tient tant. »

L'officier qui avait donné l'ordre de le faire descendre tout à l'heure, vient de décréter ça. Les deux soldats obéissent. Desserrent leur étau. Celui qui avait été si brutal s'éloigne sans se retourner.

Maintenant Marek s'est assis, sous le porche de son immeuble. Et il sort d'une des poches arrière de son pantalon une petite boîte de métal. Dedans, ce sont les mégots qu'il a récupérés dans ses cendriers quand la guerre s'est installée et que le tabac a commencé à manquer, et qu'il fume au compte-gouttes, quand c'est impérieux. Il en a sorti un, qu'il allume. Il a ce visage irracontable de ceux qui viennent de refuser un secours.

Il examine combien de brins de clopes il lui reste. Le soldat roux s'approche, et il lui offre son paquet, en entier. Marek le prend ; ça ne change rien à tout ce qui vient de se passer ;

mais il remercie, d'un signe de tête muet. Sans un mouvement sur sa bouche qui saigne. Et il continue de tirer sur la braise qui s'éteint.

Et puis il rentre chez lui. Il remonte l'escalier, il referme sa porte bleue, et il entreprend de ranger les piles de livres qui sont tombées.

Une dame âgée

Pendant toute cette matinée, elle a regardé s'ouvrir les tulipes d'un bouquet. Elle ne l'avait pas décidé. Elle s'était assise là à 7 h et des minutes, à la grande table qui occupe tout l'espace du salon, et qui est recouverte par une nappe en crochet qu'elle avait faite elle-même, il y a longtemps.

Cette nuit, elle n'avait pas dormi. Elle était restée debout à chercher le ciel qui n'existe pas en ville, qui est louche, pas franc, dans des tons d'entre-deux, de mauve et d'orangé sur du gris, de mauvais linge mal lavé. Elle guettait quelque chose, elle ne savait pas quoi. Elle s'était finalement assise là, comme on s'assoit à une habitude. Elle n'avait plus de café pour pouvoir s'en faire un. L'aube découvrait les choses comme si c'était pour la première fois, ou pour la dernière.

Devant elle, il y avait ce vase en terre vernissée, ocre à pois croulants jaune paille, avec une anse, et un petit bec tout ébréché de s'être cogné tant de fois à des rebords de verres. Car ce n'est pas un vase, c'est un pichet qu'elle remplit de fleurs. Elle le tient de sa mère. Elle ne s'en est jamais servi pour verser à boire. Il n'y a pas de raison à cela. En fait si, il y a peut-être une raison qu'elle ignore : c'est que c'est un peu comme si sa mère survivait dans ce pichet. Et elle ne prendrait jamais le risque d'ébrécher sa mère. Mais elle n'y pense pas, elle n'a jamais raisonné cette manière d'utiliser le pichet. Ça s'est imposé. Quand il ne contient pas de fleurs, il est vide et il trône.

Aujourd'hui, il contient ces tulipes. Elle les avait achetées hier, des perroquets blanches aux nervures vertes comme de grosses veines (comme celles qu'elle a sur ses mains mais qui sont bleues, gonflées par le sang vieux). Elle était allée jusqu'à la rue du marché clandestin, poussée par une envie, pour dépenser des pièces de monnaie qui auraient pu être mieux employées. Il aurait fallu qu'elle achète du riz par exemple, ou du sucre, ou du café. Mais elle était allée dans cette rue avec l'espoir de trouver des fleurs. Et il y avait ce bouquet dans un seau en plastique. Ce seul bouquet, dans toute la rue, et peut-être même dans toute la ville. Avec les boutons comme des coquillages. Et ce nom magnifique de « tulipes perroquets ». Et elle, devant certains noms, elle avait l'enfance intacte, croyant à l'évocation qu'ils suggèrent. Et avec des tulipes perroquets, elle a toujours eu cette petite excitation de s'imaginer voir une nuée de ces oiseaux bavards se poser partout. Comme si elle vivait en Inde, là où ils sont les moineaux du ciel.

C'était très cher. Une folie. Quelqu'un rôdait autour, prêt à les acheter si elle ne les prenait pas. Elle n'avait pas marchandé. Elle était rentrée avec. Elle tenait cette dizaine de tiges dans la ronde de ses bras. La rue du marché noir était très éloignée de chez elle. Elle allait doucement. S'il avait fallu courir, elle n'aurait pas pu ; elle était trop âgée pour distancer un danger. Elle avait froid, surtout aux mains car elle avait oublié ses gants. Mais elle pensait à l'instant où les tulipes seraient sur la table, elle en avait la hâte.

Elle les avait mises dans le vase, dans le pichet, les arrangeant pour les voir toutes de tous les angles, recoupant certains bouts pour les étager. Elle s'était reculée pour les admirer. Elle changeait de pièce, et revenait au salon pour se faire la surprise, feignant de ne pas s'y attendre et de les redécouvrir. Poussant des petits cris de joie qui résonnaient comme des pépiements égarés, dans l'appartement occupé par elle seule.

Ce matin, elle avait le regard perdu comme quand il est absorbé. Comme quand on regarde en soi plutôt que dehors. Et ce regard s'arrête sur un objet, sans s'en rendre compte. Et il y reste. Il s'était égaré dans les tulipes ; et à l'instant où elle était revenue à elle, où elle avait recommencé à voir ce qui était devant elle, l'idée ne lui était pas venue de quitter ces fleurs des yeux. Pendant la nuit, elles s'étaient entrouvertes, et avaient ployé un peu. L'une s'était complètement arquée vers le bas.

Elle était assise, les mains posées sur la table, les doigts noueux s'entrelaçant. Le dos courbé, avec un châle sur ses épaules. Puis elle avait appuyé son menton sur ses mains : elle regardait les tulipes à leur niveau.

Et elle a vu leurs pétales s'ouvrir davantage, avec ce crissement de lisse. Elle a vu certains pétales se détacher de la horde des autres, d'un coup, et s'éloigner pour préparer la corolle. Elle a vu les tiges ployer sous le poids de cette dilatation, elles se tordaient comme des lianes. Les pétales, on aurait dit des plumes froissées maintenant. Les centres apparaissaient, mais elle avait oublié comment cela se nommait, ces petites pointes avec de la poudre couleur de pissenlit.

Ça faisait quelques heures qu'elle était là, à veiller le bouquet.

Regarder attrape, contempler accueille. Cela demande de se taire, de ne pas bouger, d'attendre que la biche se montre ou que la tulipe s'ouvre. C'est la même patience. Sauf que pour la tulipe, on est certain qu'elle finira par s'ouvrir. La biche peut demeurer invisible.

Les soldats, elle les a entendus. Et leur sauvetage qu'ils crient pour bien prévenir. Elle descendra, elle ira avec eux, tout à l'heure. Elle mettra son manteau et son chapeau, et elle fermera sa porte. Elle ne va pas faire de bagage. Elle a d'avance la lassitude de brasser des souvenirs solitaires. Elle n'a personne à qui léguer des affaires. Et que pourrait-elle emporter, elle dont la vie s'efface ? Elle ne résistera pas à cet hiver, elle le sait. Elle sait que ce sont ses dernières forces qu'elle tient en elle ces jours-ci. Le souffle lui coûte, porter sa fourchette à sa bouche lui coûte. Et sur cette fourchette, il n'y a plus grand-chose depuis des semaines. Elle sent qu'elle n'en peut plus. Elle ira quand même avec les soldats, parce que, elle ne veut pas mourir seule. Elle n'a pas peur de la mort. Mais elle a peur de la peur qui doit précéder la mort. Et c'est sans doute cela qui est véritablement craint par l'humain, c'est *d'avoir à mourir,* c'est d'être *en train de mourir,* c'est d'avoir à tout quitter, et de risquer de mal s'y prendre. Elle ne veut pas être toute seule pour cet instant qui viendra bientôt.

Elle descendra tout à l'heure. Désormais, que les tulipes tiennent plusieurs jours, ça n'a pas d'importance. Elle ne sera plus là pour les voir se flétrir. Elle ne sera plus là pour changer leur eau dans l'espoir de les faire durer. Elles sécheront là, elles perdront leurs pétales qui s'éparpilleront sur la nappe et la tacheront peut-être. Ils jauniront, ils se figeront. Et puis un jour, quand la guerre sera finie, quelqu'un, un inconnu, ouvrira son appartement et les jettera tout de suite. Et vendra ses meubles et ses vêtements, et ce sera dispersé, sa vie, les traces de sa vie, comme ça, comme si elle n'avait pas existé. Il restera son nom sur la boîte aux lettres, et puis le nom sera ôté.

Il y a des gens si seuls qu'on les omet. Personne dans l'immeuble ne connaît son prénom. Elle, elle connaît le prénom de chacun. De la mère et de sa fille là-haut, Manon et Jeanne. Du mari qui a été tué, Louis, le père de la fillette, dans le massacre de la place ; mardi dernier ?

Quand elle les croisait elle les saluait en les nommant. « Bonjour Marek. Bonjour Manon, vous allez bien ? Bonjour Sylvain. »

Elle avait chéri des détails, elle s'en faisait des remparts. Elle avait besoin de détenir des choses pour combler tous ses vides.

Par exemple, une cuillère, en argent, qui avait tout un côté de son bout érodé par la répétition d'un geste raclant sa soupe. Et ça la bouleversait. Ce qui la touchait tant c'est que cet objet avait accompagné une existence à chacun de ses repas. Elle faisait des suppositions : la femme, ou plutôt l'homme qui possédait cette cuillère, pouvait être un paysan en ayant hérité d'un parent, et voyant en cet ustensile un lien quotidien, « la cuillère du père », comme elle avec son pichet. Ou alors, il l'avait trouvée, et c'était une aubaine, pas une aubaine à revendre, mais du rêve à la ferme, du métal précieux à faire briller, une part d'un luxe inaccessible. Ou peut-être c'était celle d'un vagabond l'ayant gagnée aux cartes, et elle aura suivi ses routes comme une fidèle amie. Ce qui est certain, c'est que cette cuillère était le bien d'un homme de peu. On n'use pas ainsi une cuillère en argent comme les semelles de ses chaussures, si on en a à profusion. On l'use parce qu'on n'a qu'elle. Et ça la bouleversait aussi parce qu'elle, elle n'a jamais manqué de rien.

Elle tient à tout ce qui est ici. Il n'y a pas un objet qui ne soit pas important. Elle a tout chiné, tout sauvé. Ces usages perdus dont personne ne voulait plus, ils mourront comme meurent certaines langues.

Elle voudrait se souvenir de beaucoup de ses choses, du brocard ottoman, du parailhier pour les couverts, du morceau de vitrail d'une église, des tabourets africains, de la chaise taillée dans un arbre tordu par des bourrasques, de la bonbonnière en forme d'éléphant, de l'armoire de sacristie italienne, du fauteuil rocaille comme celui de Matisse, des coffrets de velours ou de soie un peu mités (et quand elle osait écraser une mite ça faisait de la poudre d'or dans ses mains, elle en était désolée) ; de la vertèbre de baleine préhistorique immense et rongée par le sel comme les os de seiche qu'on trouve sur les plages, du faux masque d'Agamemnon, de l'edelweiss que sa mère lui avait offert et qu'elle avait fait sécher pour le garder ; de cette photo de sa grand-mère faisant une grimace qui n'est pas une grimace laide, qui est une grimace de face au vent ; de l'établi bourré de coups de marteau et de ciseau à bois ayant dérapé ; des trois bougeoirs en bois qui avaient l'air d'être de Brancusi.

Elle voudrait se souvenir des cafés avec les amis, il y a longtemps, des rires même s'ils s'étaient forcés. De cette époque dont elle ne s'était pas assez délectée. De la chance qu'elle avait cru avoir.

Dans l'immeuble, on dirait que c'est l'escalier qui court, on dirait que c'est lui qui fait des pas tant il y en a. Elle reconnaît des voix de ses voisins. Elle aurait dû faire l'effort d'aller vers eux d'une meilleure façon, de les connaître mieux que par des prénoms. Quelqu'un vient de rater une marche. Et ce brouhaha dehors, ce mélange de phrases, qui montent et qui se chevauchent.

« ... votre bagage ! Un seul sac par personne ! »

Mais elle ne va pas en faire. Elle ne sait pas quoi prendre, quoi plutôt qu'autre chose. Ça lui faisait ça quand elle était petite, avec ses jouets, quand elle partait en vacances. Elle craignait qu'ils se jalousent, que ceux qu'elle n'emmenait pas lui en veuillent, et elle en avait beaucoup, alors elle n'en prenait aucun.

Là, ce n'est pas qu'elle redoute encore la rancune de ses affaires, et puis elle sait qu'elle ne reviendra pas. Mais elle ne sait pas quoi prendre qui lui semble plus crucial. Adieu, mes choses. Et comprenez mon geste qui n'empoigne aucune d'entre vous…

Elle va s'en aller ; elle va partir avec son nom de famille, c'est sa terre qui ne la quittera pas ; ce sont les racines qui s'accrochent à celui qui s'en va les mains vides. Dépalle. On n'a jamais très bien su d'où ce nom venait. Peut-être du verbe « dépailler » qui veut dire « dégarnir un siège de sa paille, totalement ou en partie ». Ou peut-être du verbe « dépaler » qui vient lui-même du portugais *desparar,* et qui signifie « entraîner, emporter / un bateau dépale lorsque le vent ou le courant l'entraînent hors de sa position ».

Elle va se laisser dépaler ainsi, jusqu'à sa fin. Avec son nom, et aussi avec ce grain de beauté, qui était à sa mère, le même qu'elle exactement, à la saignée du coude, un ovale bien brun et fendu d'une ligne en son milieu.

Ça lui suffit. Il faut que ça lui suffise.

Souvent, quand elle se couchait, elle rêvassait à tout ce qui lui manquait et qui aurait tout changé. Surtout à l'amour. Surtout à ça, fatalement. Elle rêvassait à l'homme qu'elle avait croisé ce jour-là dans l'autobus ; elle était sûre qu'il lui avait souri. Elle rêvassait au boulanger qui avait eu un mot gentil ; il était marié, mais pas dans ses pensées. Elle rêvassait au présentateur de telle émission à la télévision. Un homme lui faisait plusieurs soirs de rêvasseries. Jusqu'au moment où elle se rendait compte que ça ne coïncidait pas, que ce n'était pas raisonnable. Jusqu'au moment où elle se rendait compte qu'elle ne le recroiserait pas ; jusqu'au moment où elle le recroisait et où il ne répondait pas à son sourire. Alors elle s'inventait une nouvelle idylle.

Elle ne s'endormait pas, avec ça. Elle voulait rester éveillée jusqu'au bonheur de leur amour. Il était long à atteindre. Le lendemain elle avait des cernes terribles. C'était aussi d'avoir pleuré, parfois, souvent.

Les soirs où elle se couchait en se forçant à être une souche qui ne pense à rien, là elle s'endormait. Alors, elle faisait souvent ce rêve : elle marche dans une rue, il fait très chaud, et elle est aveuglée par le soleil. Affreusement aveuglée. Il lui est impossible d'avancer tant elle ne voit plus rien. Ce n'est pas irrémédiable, mais dans l'instant elle ne sait pas comment fuir cette lumière qui lui brûle les yeux et qui l'immobilise.

Elle hurlait, elle se réveillait.

Elle entend de l'agitation dans les coursives, des pas précipités, des exclamations lancées :

« Tu as bien fermé ?

— Alors ?

— Oui, j'avais bien fermé ! »

Des pleurs d'enfant aussi. Elle entend l'immeuble se vider.

Elle avait été fiancée, autrefois. Il y a longtemps. Ils étaient jeunes, lui un peu plus qu'elle. Ils s'étaient rencontrés dans un café. Il y était serveur. Elle venait tous les jours parce qu'il était si beau. Il était grand, mince, un cliché de splendeur. Elle n'osait pas lui parler. Mais elle lui souriait dès qu'elle croisait son regard. Il avait fini par la remarquer, par lui proposer de sortir un soir. Il l'avait emmenée au cinéma. Plusieurs fois. Ils s'étaient embrassés. Le premier baiser de sa vie à elle, pas de sa vie à lui. Il lui avait demandé de l'épouser. Elle avait dit oui. Il n'avait pas prévu de bague. Ils étaient allés la choisir à une bijouterie de quartier, elle avait pris la moins chère parce qu'elle savait qu'il gagnait peu. C'était un petit brillant pas clair, monté sur de l'or cuivre. En sortant de la boutique, avec la bague au doigt, elle se sentait changée.

Elle y avait cru. Elle avait la bague à son annulaire. Et des promesses. Ses parents se réjouissaient. Elle avait prévenu ses amis qu'il y aurait ce mariage bientôt. Elle avait commencé à coudre la robe, sa mère l'aidait.

Et puis le fiancé l'avait quittée, quelques jours plus tard, en reprenant la bague. Elle n'avait jamais su pourquoi il avait tout annulé. Il ne lui avait pas donné de raison. Il avait juste dit : « J'ai changé d'avis. Je ne veux plus qu'on se marie. Je peux ravoir la bague ? »

C'est alors qu'elle avait vu de moins en moins de monde. Jusqu'à ce que les amis ne s'entêtent plus. Jusqu'à ce qu'ils se lassent de son malheur. C'est alors qu'elle s'était mise à ses fantasmes stériles. Parfois, elle parvenait à se trouver une nouvelle amitié qui durait quelques mois ; elle en attendait toujours trop ; ça se défaisait vite.

Ôter un rêve à quelqu'un, qu'on lui a fait miroiter, auquel il a vraiment cru, est une chose parfaitement cruelle. Certains s'en remettent, d'autres non. Elle ne s'en était pas remise.

Pourtant, elle était belle.

Elle ouvre sa main gauche. Elle en effleure le bout du majeur, de son index droit. Elle murmure : « Ça c'est le début. » Puis, le creux qui est juste à la naissance du poignet : « Ça c'est la fin. » Elle referme le poing : « Ça c'est la vie. » Elle repose ses mains sur la nappe en crochet blanc, y enfouit ses ongles ; l'un d'eux se casse.

« Dépêchez-vous ! Dépêchez-vous ! Un seul sac par personne ! »

Elle aura au moins vu ces tulipes dans leur gloire, avant de partir. On dirait que les corolles volent. Elles portent vraiment bien leur nom. Quelle joie, de les avoir trouvées, hier, et qu'elles se soient déjà ouvertes.

Elle sursaute. À côté il y a du chahut. Ça vient de chez Marek. Elle le connaît un peu. Elle le croise, il a toujours un livre dans la main. Il lit en marchant. Il ne regarde pas vraiment devant lui. Mais, chose curieuse, il ne se cogne jamais pour autant.

Elle a rêvassé à lui, de temps à autre...

On entend des bruits de bottes et de choses renversées. Elle entrouvre sa porte, et elle voit d'ici deux soldats qui le tirent par les bras, qui le forcent à descendre. Quelle idée, de vouloir le faire partir de chez lui. Ils n'y arriveront pas… C'est comme de vouloir déplacer la mer. Il remontera sitôt qu'ils auront le dos tourné. Il ne partira pas c'est sûr.

Elle pourrait rester avec lui, elle resterait avec lui s'il le lui proposait…

Elle a croisé ses jambes, ça lui a demandé un effort, une levée de la cuisse, et ça fait mal à sa hanche. Elle sent ses os.

C'est bien tenu chez elle. C'est très propre. Au cas où elle aurait une visite, elle se tient toujours prête. Il n'y a pas de poussière, pas une assiette qui traîne. Elle aimerait bien que des soldats viennent maintenant frapper à sa porte pour qu'elle descende. Ça lui permettrait d'engager un peu la conversation. Ils verraient ses objets incroyables. Elle serait fière. Elle serait fière de dire qu'elle avait crocheté la très grande nappe, toute seule. Qu'il avait fallu des kilomètres de fil. Et qu'elle avait tout chiné sinon. Elle leur montrerait les tulipes aussi. Et ils trouveraient cela incroyable, des tulipes, là, pendant cette guerre, ce bouquet. Elle dirait que ce sont des perroquets. Sur le moment, ils ne comprendraient pas (des soldats, ça ne doit pas bien connaître le nom des fleurs). Ils seraient étonnés, peut-être même qu'ils penseraient qu'elle perd la tête. Et puis elle leur expliquerait, alors ils riraient ensemble, et elle serait ravie de sa blague. Ils riraient comme ça quelques instants, « de concert ».

Ils le raconteraient ce soir, à leurs copains d'unité, ils diraient qu'une vieille dame leur a joué un bon tour, qu'elle leur a dit, à propos d'un improbable bouquet de tulipes, que c'était des perroquets, et eux ils ont cru mal comprendre. Ils ont même cru qu'elle avait des perroquets chez elle, dans une volière qu'ils n'auraient pas encore vue. Mais qu'en fait, c'était le nom des tulipes. Ils l'aideraient à mettre son manteau. Ils lui tiendraient les bras doucement, pour descendre l'escalier, doucement. Et à monter dans un camion. Elle donnerait son nom : « Suzanne Dépalle. »

Elle aimerait ça, qu'il se produise ça, que des soldats se soucient d'elle, et viennent maintenant. Elle attend encore un peu, elle ne descend pas pour le moment, dans l'espoir que ça se produise. Elle veut leur laisser le temps de monter. Ils passent peut-être le porche, en bas. Elle attend les sons. Rien. Plus rien qui vienne de l'immeuble. Tout vient de la rue.

Elle ne bouge pas. Elle guette à nouveau.

Elle avait attendu comme ça son fiancé. Quand il l'avait quittée elle avait pensé que ce n'était pas vrai, que c'était pour la mettre à l'épreuve. Toutes les heures après qu'il lui eut annoncé cette séparation, elle était restée sans bouger, à guetter son pas dans l'allée qui menait jusque chez ses parents, là où elle vivait encore. À chaque voisin qui passait dans la rue, elle retenait son souffle. Elle ne reconnaissait pas le rythme sur le sol ; ça pouvait quand même être lui, un pas de lui qu'elle ignorerait. Mais les pas s'arrêtaient ailleurs, chaque fois. Au bout d'une semaine, elle avait cessé de guetter. Il n'était pas revenu.

Ses doigts sont toujours agrippés au filet de la nappe. Par là, elle griffe le bois de la table. On dirait qu'un animal gratte pour demander à entrer.

Ce qu'elle se dit, c'est que les tulipes qui sont pour l'instant fraîches et somptueuses, en une nuit elles perdront tout. Un matin comme ça il y aura tous les pétales épars, devenus un peu transparents et un peu mous, s'étant entraînés les uns les autres dans leur chute. Comme si toutes ensemble, ces fleurs avaient décidé que c'était la fin, qu'elles s'étaient donné l'élan de ne pas s'attarder.

Elle se penche en avant, elle en prend une, elle la renifle, ça ne sent rien. Ou la sève, légèrement. Ça sent le vert. Elle la raccourcit, et la met dans ses cheveux gris, au-dessus de l'oreille gauche.

En face de la chaise sur laquelle elle se tient, il y a un miroir avec un cadre en bois doré. Elle s'y contemple. C'est la dernière fois sûrement qu'elle se voit. Et cela faisait longtemps qu'elle ne s'était pas regardée. Elle est vraiment âgée. Le sillon d'amertume au coin de la bouche s'est creusé comme un traître. C'est la ride des déçus, celle-ci qui part courir vers le bas. Ses yeux sont perdus dans les plis et les poches. Elle a toujours ses pommettes saillantes, et son menton un peu pointu. Ses cheveux étaient très bruns, avant. Elle passe sa langue sur ses lèvres, sur ses fausses dents.

Elle ne se souvient pas du visage qu'elle avait enfant. Elle n'a aucune photo d'elle, d'alors. Ça avait été perdu, dans un déménagement elle suppose. Sur le plus ancien portrait qu'elle ait d'elle-même, elle a 17 ans, et elle sourit gauchement, elle ne maîtrise pas ce sourire ; il est immense et très simple, très naïf. C'était avant le fiancé. Derrière la photo, il y a marqué au crayon un peu effacé : Beaumer, été 1962. C'est là qu'elle aurait voulu retourner, c'est là qu'elle aurait voulu que l'on disperse ses cendres, quelqu'un qui aurait accepté de s'en occuper. Elle lui aurait dit où. Autour d'un certain rocher dont elle se souvenait bien. Derrière, c'était la lande et les bois de pins. Et on descendait la dune, et au ras de la plage, il y avait cet énorme rocher très arrondi par les vents et les marées. Et dessus, un creux qui laissait une flaque à marée basse. Avec ses cousins, ils l'escaladaient et restaient perchés là à brandir des cris de conquête, pendant que leurs mères tricotaient plus loin.

À quelle seconde précise le rocher cesse-t-il d'être un château pour un enfant ? Il y a une seconde où cela bascule, où il ne voit plus que le décevant réel. On ne se rend jamais compte de cet instant charnière qui change tellement notre rapport au monde.

Le rocher était forcément toujours là. On ne pouvait pas le manquer, on ne pouvait pas le confondre avec un autre. Mais elle n'avait trouvé personne à qui confier cette quête. Ou elle n'avait pas osé demander. Et c'est la guerre, et c'est trop tard.

Elle va monter dans les camions. Elle sera enterrée dans un lieu sans recueil.

Elle s'observe, avec sa tulipe au-dessus de l'oreille. Elle se sourit.

C'est à elle-même qu'elle dit adieu.

Elle regarde sa montre. Il est temps. D'une poussée des deux bras contre la table, elle se lève. La tulipe est tombée, elle ne l'a pas senti.

Sous un pull, et qui en dépasse, elle porte une robe d'été ; elle s'entête comme ça à porter une robe légère, sur deux paires de collants. C'est elle tout craché. Un être qui vit dans un rêve, qui s'y cramponne.

Elle enfile la première manche de son manteau, elle ne trouve pas la deuxième. Il faut aller la chercher large avec le bras en arrière, c'est un de ces gestes anodins qui deviennent si difficiles en vieillissant. Il faudrait que quelqu'un soit là pour l'aider, pour ne pas la laisser dans cet embarras à ne pas repérer une manche ; et pourvu que ce soit un homme.

Finalement, et par une contorsion, elle la trouve. Elle ferme les boutons, un à un, prenant bien soin de ne pas les intervertir, de ne pas mettre mardi avec mercredi. Elle ne veut pas être comme une godiche quand elle sera dehors. Elle veut avoir de l'allure comme elle peut. Elle met son chapeau et arrange ses cheveux. Et un peu de rouge à lèvres corail sur sa bouche froissée. Elle est prête.

Elle se retourne vers cette pièce qui l'a vue vivre depuis tant d'années. Vers le bouquet dans le vase de sa mère. Elle s'en approche, et d'un pincement délicat, elle décroche un pétale. Elle le glisse dans son portefeuille, dans la fente prévue pour les billets, qui est vide. Et elle sort de chez elle avec sa canne. Elle a laissé les clés sur la porte. Elle descend l'escalier. Dans sa poche, dans le portefeuille, avec le pétale des tulipes perroquets, il y a une photo de son fiancé.

Louis

Ce matin-là, Louis avait disposé leurs tasses pour quand elles se lèveraient. Pour boire leur eau chaude avec un peu de sucre. Et à travers ces tasses, c'était elles qu'il voyait. Il voyait d'ici la bouche bougonne de Manon, et les yeux pleins de sel de Jeanne. Il voyait leurs phrases laconiques qui forment tout de même une conversation, bourrée d'ellipses mais dans laquelle elles se comprennent. L'une comme l'autre il leur faut une bonne heure pour se séparer de la nuit. Ça a beau être la guerre, ça n'empêche pas les êtres de continuer d'être ce qu'ils sont, ça ne modifie pas tout, ou pas tout d'un coup. Il avait mis sa casquette, d'où s'échappaient ses cheveux noirs, il la mettait n'importe comment, comme elle venait. Si Manon s'était levée, elle lui aurait replacé ses mèches derrière les oreilles, dévoilant ainsi la courbe du menton.

Il avait tapé du coude de l'index sur la vitre du vieux baromètre, ayant oublié qu'il n'indiquait plus rien. C'était tous les matins ce rituel de se soucier du ciel, de voir bouger l'aiguille et les nuages avec, de la voir s'arrêter sur « Variable » ou « Tempête ». Mais l'instrument était tombé aux premières explosions, il y avait quelques semaines déjà. Il tenait par un clou ridicule qui n'était pas prévu pour des tremblements de murs ; la vitre s'était cassée, la flèche s'était tordue. Louis l'avait remis à sa place, tel quel, même s'il était désormais inutile. On s'accroche à des repères, à un paysage de l'appartement. On ne jette pas ce qui se casse, pas pendant une guerre. Chaque objet devient le symbole d'une vie révolue qu'on espère pourtant retrouver un jour, intacte, et il faut que tout demeure le plus inchangé possible pour qu'elle puisse se remettre dans son cours tout de suite, quand « tout rentrera dans l'ordre ».

Louis avait enfilé son manteau de fourrure, que le père d'un ami lui avait donné quand il avait commencé à faire vraiment froid, parce qu'il le voyait aller et venir dans sa veste pas faite pour ça, il le voyait grelotter dans sa maigreur, sans se plaindre, croisant les bras pour garder sa chaleur. Ce manteau lui donnait l'air de sortir d'un roman russe, d'un héros se dirigeant vers la Volga au XIXe. Il n'avait jamais vraiment eu l'allure de quelqu'un de son époque, il avait comme ça une préciosité de dandy, des façons de croiser les jambes ou de marcher qui avaient le souci de soi-même, ou plutôt le souci d'une politesse. On le lui reprochait parfois, des gens croyaient que c'était une attitude supérieure, ça les agaçait. Mais ce n'était pas ça, c'était causé par sa longueur, à devoir ainsi surveiller ses membres comme un troupeau, et à cette politesse qu'il avait en lui-même comme une religion.

On n'allait presque plus dehors. Mais ce matin-là, il fallait qu'il sorte chercher de quoi manger, de quoi gonfler un peu leurs ventres. Il avait entendu dire que des humanitaires distribueraient du riz sur la place.

Avant, les humanitaires c'étaient eux, son peuple se croyait les sauveurs à tout jamais. Maintenant ils allaient faire la queue pour une poignée de grains.

Manger, trouver de quoi, était devenu difficile. Alors ils mangeaient ce qu'ils pouvaient, ce qui se mange dans la misère d'une famine de guerre.

Sur les arbres dépouillés de l'hiver, les arbres à vif de l'hiver, les arbres noirs de l'hiver, les oiseaux ne peuvent pas se cacher. C'est pour cela sûrement qu'ils partent vers la lumière, qu'ils suivent la lumière avec leurs ailes. Qu'ils traversent des continents. À la recherche des feuillages qui dissimulent. Pour ne pas être perchés dans des arbres désolés, pour ne pas être des cibles flagrantes, d'un jeu de tir sinistre. L'homme est jaloux d'eux. Jaloux qu'ils volent et lui pas. Jaloux de ce don du ciel qu'ils ont reçu. Lui, a été laissé ventre à terre, avec ses deux jambes pour marcher, ou pour s'enfuir, ou pour pleurer.

Les rares oiseaux qui n'avaient pas fui, qui ne migrent pas, ils les mangeaient. Même les pigeons à vomir aux pattes atrophiées. Louis lançait des pierres dessus, ramassait ces corps, et il les plumait avec ses doigts engourdis. Et ils suçaient les os. Ils n'avaient pas caché à Jeanne ce qu'ils mangeaient. La première fois, elle n'avait pas voulu toucher à son assiette. La fois suivante elle avait tout avalé.

Maintenant, il n'y a presque plus d'oiseaux. Seulement, de temps à autre, un qui s'envole dès que des pas s'approchent, alarmé dans sa solitude. La rue est triste comme un chant mort. La neige ne réverbère rien, les immeubles trop hauts l'inondent de leur pénombre. Il n'y a que ses pas dans cette neige pour murmurer quelque chose. Un murmure presque muet. Un murmure qui avance. Un pas plus un pas, cela fait une marche. Tout est fermé. Des volets à toutes les fenêtres, ou des rideaux tirés. Beaucoup de boutiques ont été pillées. Ses dents claquent. Il ne se rappelle plus de la sueur, ni de ses plaintes délicieuses et vivantes en plein cagnard. C'est l'hiver, et le bruit est étouffé et transi, ralenti par le givre de l'air, il fait l'effort de parvenir, mais faiblement. Les arbres, vides. Les oiseaux, absents.

Il marche, péniblement, mais ça le réchauffe un peu et fait circuler le sang, ses joues pâles rosissent. Il marche les mains dans ses poches, deux poings enfoncés fermement, les épaules relevées pour protéger son cou. Il tangue un peu, comme s'il venait de descendre d'un bateau ; c'est à cause de toute sa longueur, de sa tête si éloignée du sol qu'elle l'oublie.

Un homme approche. À quelques mètres, ils se reconnaissent. Ils ne sont pas vraiment amis, mais ils s'apprécient. L'homme est joufflu et transpire toujours, il paraît au bout de son souffle.

« Tu fais quoi dehors ?

— Je vais sur la place du Nord, il paraît qu'on distribue du riz. Si tu veux j'en demande pour toi.

— Merci mais ne t'embête pas... Tu vas passer par où ?

— Par la zone effondrée. Je suis obligé sinon ça me fait un énorme détour. Donc c'est le seul chemin.

— Fais le détour, tu as le temps...

— Je veux être sûr d'avoir du riz, on en a besoin. J'aurais dû partir plus tôt. Je ferai attention, ça va pas s'écrouler, surtout qu'il y a moins d'explosions depuis plusieurs jours.

— Oui... Mais fais gaffe hein...

— Ça ira. Tu es sûr que je rapporte pas à manger pour toi.

— Non, je te remercie. Dis bonjour à ta famille.

— Toi aussi. »

Ils se quittent. Il ne le sait pas mais l'homme s'est retourné vers lui. « Ce Louis, ce bon-là... Toujours à rendre des services, à distribuer encore sa confiance. » Il le voit s'éloigner et il pense : « Cette candeur le perdra. Il est de ceux qui croient que la douceur sauvera le monde, qu'il ne peut rien arriver si on a de bonnes intentions, qu'un ennemi (et il ne doit pas aimer ce mot-là) verrait qu'il a de bonnes intentions, et qu'il ne tirerait pas ; qu'il saurait lui parler et le convaincre, et même qu'il saurait lui faire lâcher une arme, qu'un chien enragé on peut le sauver avec des caresses. Il y a ceux qui prennent, et il y a ceux qui donnent. Louis est de ceux qui donnent. »

De loin, cet homme le veille, au cas où, il a le doigt sur la gâchette de son fusil, si jamais. « Pour un peu, on le croirait en balade le Louis. »

Cette façon de tanguer, c'est presque de la nonchalance. Il ne marche pas comme quelqu'un qui va droit vers un but ; il marche sur cette neige et on ne l'entend pas, c'est comme s'il n'était pas là ; ce sont aussi les bruits des êtres, qui les rendent présents. Louis s'en va, et il est absent de cette rue, dans l'oreille. Et il tourne le coin.

Louis n'y croit pas. « Ils parlent de guerre mais ça ne peut pas durer. Ils vont se lasser. Non mais il exagère avec son fusil, moi jamais je pourrais tenir une arme. Il y a pas trois mois je l'avais croisé, c'était un panier pour aller au marché qu'il portait. C'est ça, c'est qu'ils encouragent cette folie, tous, avec leurs allures combattantes. Une arme je toucherai jamais à ça. Dingue comme les hommes ils aiment ça, voir du sang. Moi ça m'a toujours fait tourner de l'œil. Manon elle s'en est toujours moqué un peu. Faut dire qu'elle est plus solide que moi l'air de rien. On dirait pas comme ça, à la voir, à pleurer comme elle fait. Ce qu'il y a, ce sont les explosions. Il y en a moins oui. Mais ça fait peur à Jeanne, à Manon. Peut-être quand même qu'on devrait partir comme elle dit tout le temps. Ça la rassurerait qu'on quitte la ville pour l'instant je crois bien. Oui mais la maison, si ça se trouve on la quitterait pour rien, tout ce bazar à devoir s'en aller là je sais même pas comment. Ils ont dit que les trains étaient stoppés. Si encore on avait une voiture. Mais tout ça pour revenir d'ici un mois je suis sûr. Et ce foutu hiver. Ma Manon, j'aime pas la voir comme ça. Elle y croit à ce mot de guerre. Elle dit qu'elle la sentait. C'est pas vrai. C'est quand même incroyable qu'on en arrive là. On n'en avait pas déjà eu assez des guerres, il faut croire. Quand je pense qu'avant les humanitaires c'était nous. Quand j'étais petit je me souviens, toutes ces campagnes pour envoyer du riz. Voilà maintenant c'est nous qui avons besoin de riz. C'est sûr que c'est une sale période. Mais ça va pas durer. J'espère au moins que les gens seront plus gentils entre eux, après. Si au moins ça pouvait servir à ça. À ce que les gens se rencontrent de nouveau. »

C'est sa façon de tenir, à Louis. Il ne veut pas tomber des nues, il se retient comme ça à son rebord pour ne pas sombrer, parce que ce serait trop dur, trop douloureux, d'admettre qu'il n'avait rien vu venir. Manger des pigeons aux pattes atrophiées ça ne lui suffit pas pour se réveiller. Il a toujours détourné son esprit de la gravité. C'est comme un tour de carte ; il se dissimule la guerre, il la verra réapparaître de derrière son épaule.

Voilà, il est dans ce fameux quartier à craindre. Quand même, il marche différemment là, sa casquette se baisse un peu. Il se ratatine sous une peur imprécise et fait son pas subtil ; il ne sait pas qu'il ne pèse déjà plus rien. C'est un quartier délabré, sur lequel les bombes se sont déchaînées, au début. C'est partout prêt à s'écrouler. Des gravats font des collines. Des fosses sont apparues. Et si on levait la tête, si on osait regarder ce qui plane et pend, on verrait des tours qui ont envie de mourir, qui ne veulent plus lutter, qui n'ont plus ces forces-là de résister à la seconde de trop, celle qui se plie sous la charge, la fissure, la peine qui n'en peut plus.

Personne ne vient plus ici. « Un chat, c'est juste un chat. » Un chat vient de passer. Les chats continuent leurs vies de chat, sans se soucier de la guerre des humains ; à chacun ses histoires de territoires. Louis continue sa marche. Il avance, il laisse derrière lui ces menaces de béton. Les murs changent, redeviennent des choses pleines sur lesquelles s'appuyer. Il s'adosse un instant, pour sortir un long souffle. Il avait comprimé sa respiration sans s'en rendre compte. Il enjambe encore longtemps des bosses de neige ; parfois cet accident par terre c'est un corps, qu'il contourne en détournant le regard.

Il arrive sur la place. Il y a du monde déjà, qui a formé une queue docile. Ils veulent avoir l'air dignes, pas affamés, pas aux abois. Mais ils mangent les oiseaux des villes. Ils ont faim. Ceux qui se parlent chuchotent. À peu de chose près c'est une messe basse, priant pour le riz blanc qui va leur être offert, ce sont les grâces d'un peuple sans foi. Ils lancent des œillades, sans s'en rendre compte, ils se placent dos à dos, sondant les alentours. Certains sont des boucliers qui s'ignorent, on se cache un peu, lâchement, derrière eux.

Les humanitaires sont chinois. Ils portent des combinaisons qui ont été immaculées, mais qui sont sales à force de secourir. Tout le monde s'en fiche. On ne se soucie pas de la propreté des mains qui nous nourrissent, pas pendant une guerre.

Il y a Sarah. Elle est avec son frère, qui fait une boule de flocons entre ses moufles ; il n'a pas pu résister. Sarah est fluette, on craint de la casser en lui embrassant les joues, on ne sent aucune résistance, il y a même un léger recul d'un centimètre, peut-être plus, de ses pieds qui vacillent, on a envie de lui attraper le col, de la saisir de crainte qu'elle ne tombe. C'est une femme qui ne peut rien porter de lourd. Qui ne peut pas dévisser les bocaux. Qui doit se cogner partout. Qui doit se faire des bleus. Ce n'est pas de son fait, c'est son corps, tout est trop fort pour lui, tout est trop puissant. Quand elle parle, elle s'applique à chaque mot, elle n'est pas sûre que ce soit le bon. Elle manque d'assurance, elle croit que les autres en ont et pas elle. Elle dit, et elle interroge du regard. Ce n'est pas une question, c'est une inquiétude. Elle n'est pas sûre que ce soit le terme approprié. Ça fait des à-coups dans ses phrases. Comme si elle utilisait une langue qui lui serait étrangère.

« Et alors Louis, les filles ? Elles ne sont pas avec toi ? »

Elle lui sourit. Louis lui rend ce sourire. Il ne faut jamais qu'il soit redevable d'un sourire.

« Non, tu sais, Manon ne veut pas qu'on soit dehors tous les trois en même temps, au cas où, pour Jeanne. Tu sais pourquoi. C'est une lubie de mère je crois, mais tu sais. Pour pas qu'on disparaisse, en laissant Jeanne toute seule. »

Ils bavardent. En même temps, Louis, avec le bout de son pied, fait des petits amas blancs aux écarts identiques, il en fait comme ça huit, une ligne de huit mottes se suivant parfaitement les unes les autres.

« Oui c'est bien un souci de mère, ça… Et elles vont bien, ça va ?

— On ne peut pas vraiment se plaindre. Mais la petite grandit pas beaucoup je trouve. Et puis y a ce foutu froid. Je pense même à faire du feu dans la baignoire. Elles vont bien hein, personne n'est malade. Mais bon, c'est pas bien isolé chez nous, et y a cette fenêtre qu'on a jamais fait réparer, et qui ferme mal en haut. Enfin. Et toi, et vous.

— Oui le froid. Mon père ne va vraiment pas bien… Il est resté chez nous…

— Je suis désolé.

— Tu connais un médecin toi ? J'ai essayé d'appeler le nôtre, plusieurs fois, mais rien…

— Non, on n'en connaît pas personnellement non. Je sais que c'est difficile d'arriver à en voir un. Pour la mère de Manon on n'a pas pu. Excuse-moi, j'ai parlé trop vite.

— Mais non, ne t'inquiète pas… C'est tellement bizarre à vivre tout ça… Tu le vois mon frère, là, avec sa neige ? On dirait un gosse… Mais on est tous comme ça, non ? J'en sais rien… Il n'y a plus de vie, je me le disais hier, j'écoutais la rue il n'y avait personne, pas de voiture, pas un… passant… On est enfermés… Avec ses pensées dans la tête, le cerveau, cela rend timbré, non ?

— Je crois que tout ça va se tasser bientôt.

— Tu crois vraiment ? Moi je… En ce qui me concerne, je ne le crois pas, je crois que ce n'est que le… le début…

— Peut-être. Je ne sais pas. »

Il se remet à neiger. Ça s'attache à leurs cils, à leurs cheveux. Chaque flocon est unique, comme chacun de ces êtres, comme leurs iris dans leurs yeux. Sur cette petite place, des millions ou des milliards de flocons font du blanc, comme ça ils font ce qu'on appelle la neige. C'est avec des milliards d'identités qu'on fait une chose commune.

Les Chinois vont commencer la distribution du riz. Il faut prendre un sac en plastique et espérer le faire remplir bien à ras bord. De quoi tenir une semaine au moins, peut-être plus en le faisant durer, et en buvant l'eau de cuisson comme une soupe.

Les premiers de la queue, ceux qui se sont levés très tôt et ont attendu dans ce froid, transis, repartent déjà avec leur ration au bout du bras.

Les Chinois crient dans leur langue. Personne ne comprend les mots, mais tout le monde comprend qu'il faut avancer. Leurs cris secs et aigus crépitent comme du sapin qui brûle. Ils crient d'avancer, ils crient au suivant, ils crient de tenir le sac ouvert.

C'est le tour d'une femme enceinte. Le Chinois qui la sert lui donne un sac en plus. L'homme qui était devant elle a reçu moins, et il trouve que ce n'est pas juste. Le Chinois voit que quelque chose se passe mal, il s'énerve, il dit à l'homme de s'en aller, avec des gestes, il montre le ventre de la femme. L'homme, avec des gestes aussi, ajoute des enfants autour de lui, il les déploie un à un, d'une main à hauteur de taille plus ou moins, des bouches à nourrir qui seraient restées chez lui. Il avance sa main refermée en pointe vers sa propre bouche, le geste universel pour montrer que l'on veut manger.

Derrière la femme, on s'en mêle. Puisqu'elle a eu plus que les autres, on exige d'avoir autant. La femme elle, elle n'y peut rien, elle n'avait pas demandé cette faveur mais dès qu'elle l'a obtenue, elle l'a trouvée normale et elle ne veut pas y renoncer.

« On ne partira pas avant d'avoir eu autant qu'elle ! »

Les Chinois menacent de s'en aller si ça ne se calme pas. Tout le monde crie dans sa voix. C'est un peuple qui a faim, qui crie. Louis, lui, il crie pour dire à tous de se calmer. L'homme a saisi la femme par les cheveux, il lui hurle de lui donner de sa part supplémentaire. Il agrippe les sacs. Elle, se cramponne et à son ventre et à ses deux sacs remplis, qui se déchirent dans cette férocité. Le riz se disperse sur la neige, y disparaît. Personne ne s'interpose. Chacun est en train de s'en prendre à quelqu'un. Ça se pousse des deux paumes frappées contre une poitrine inconnue. Ils ont besoin de cogner, visiblement. De faire sortir comme ça leurs rancœurs, de cracher leurs suppliques et leur jeûne à la face de quelqu'un. De desserrer leur méchanceté et leur aigreur. Malgré leurs faibles forces affamées. Avec leurs estomacs qui gargouillent. Ou leurs estomacs qui n'ont même plus la force de gargouiller, et qui remuent leur bile. Chacun est prêt à mordre. Dès qu'on a vraiment faim, vraiment, on songe à grignoter un muscle, même le sien, ou celui du voisin. Ça ne signifie pas qu'on en serait capable, mais on y pense, avec l'eau à la bouche. Là où c'est tendre sur le biceps ça fait envie. C'est de la chair. On perd la raison.

Louis a crié plus fort. Il leur a fait honte. Ils se calment. Chacun fuit du regard et se sent misérable. La distribution reprend. C'est le tour de Louis justement.

Et ça se passe d'un seul coup, des salves de balles tirées depuis les toits.

L'éclaboussure des mitraillettes. Et ces âmes défaites sur la place, elles n'avaient jamais entendu dans leur vie ce son qui troue.

Certaines se sont déjà écroulées et ne pensent plus qu'à la douleur ; ou ne pensent plus du tout. Elles débordent par les plaies ; leur liquide fuyant par les failles ouvertes dans les chairs. La femme enceinte a le crâne explosé, et entre ses jambes gît son futur petit, dans une bulle rose et or qui fume et se vide, avec une main minuscule figée vers la première rencontre.

Pour ceux qui en ont encore le temps, ils vont la bouche ouverte sur le vide d'un cri qui ne sort plus. Ils vont dans la nudité d'une place sans défense. Ils s'égarent dans une neige si épaisse qu'ils ne peuvent pas courir ; une neige qui les piège.

Sarah répète, en se débattant avec ses pas, dans cette neige trop haute pour fuir : « Je ne vais pas m'en sortir, je ne vais pas m'en sortir ! » Et puis elle tousse, s'étrangle, son cou coule sur son ventre, elle a été touchée à la gorge, elle s'étouffe et s'effondre. Les mitraillettes s'acharnent sur son corps déjà tué. Les mitraillettes lâches, qui font mourir de loin.

Une joue arrachée, que personne ne baisera plus. Une langue qui pend d'une bouche. Une oreille. De la cervelle. Des éclats de dents cassées. Les rebuts d'un abattoir. Ça aura duré quelques minutes seulement, quelques minutes d'une cavalerie de cartouches qui a tout achevé. Un massacre. Un carnage. Raflés. Plus personne n'est debout.

L'homme que Louis avait croisé ce matin se dirigeait vers la place pour se procurer lui aussi du riz, finalement. Quand il est arrivé, tout était rouge. Il n'y avait plus une plainte. Il n'y avait que l'odeur : celle de la terreur, celle des tripes exténuées. L'homme se démenait pour accéder aux figures enfouies dans ce marais de neige mêlée au sang et aux jus humains. Il cherchait parmi ces visages figés ceux à reconnaître, ceux sur lesquels mettre un nom ; il serait le messager de ce qui s'était passé, le messager des absences. Et il avait trouvé Louis, renversé dans son manteau de fourrure ; une bête chassée, le ventre percé mille fois, qui expirait un nom : « Manon… »

L'homme s'est précipité pour aller la prévenir. Il a couru dans les rues sans s'arrêter, passant par le quartier en ruines, courant encore, pour ne perdre aucune chance d'un dernier instant.

« Manon, c'est Louis ! C'est Louis ! Ils ont tiré sur tout le monde sur la place ! Viens vite, vite ! »

Elle a juste attrapé son manteau et l'a enfilé en dévalant l'escalier. Et elle lui a lancé : « Je te confie Jeanne ! » L'homme est resté avec l'enfant.

Elle est arrivée sur la place, elle a eu du mal à trouver Louis. Les corps ne ressemblaient à rien, à des choses écrasées sous leur propre poids. Elle le cherchait, elle ne le voyait pas. Et puis une voix par terre, une faiblesse : « Manon... »

Elle s'est laissée tomber sur lui. « Oh Louis... Mon amour, mon chéri... Tu as mal ? » Il n'a rien répondu. Il mourait.

Elle était là sur lui, elle fixait son visage. Il est mort les yeux ouverts, entre deux battements de paupières. On meurt tourné vers soi, ou vers ce que l'on quitte. Cela s'arrête, et celui qui meurt le regard nu ne savait pas qu'il mourait déjà. Il était encore en cours de quelque chose. Il croyait peut-être qu'il lui restait de quoi faire tenir un mouvement. Un mouvement tel que ce clignement, qu'on oublie jusqu'à ce que ce soit le dernier, jusqu'à ce qu'il épuise toutes les forces restantes. Il étreignait Manon avec son regard, il a voulu lui dire quelque chose, il a avalé l'air pour former dans sa gorge une syllabe, et cela n'a pas eu lieu, et il est mort pendant son regard. Et jamais elle ne saura ce que c'était, cette dernière parole qu'il allait lui adresser. Il est mort les yeux ouverts. Et lorsqu'elle-même a battu des paupières, elle a pensé qu'il avait peut-être battu des siennes pendant ce temps, et qu'à chaque fois qu'elle battait de nouveau des siennes il en faisait peut-être autant. Et qu'il n'était peut-être pas mort en fait. Et que si elle le fixait sans ciller, peut-être elle le verrait cligner. Que ce n'était pas vrai tout ça. Elle le fixa ; les paupières de Louis restèrent immobiles.

Elle croyait pouvoir imaginer l'horreur, mais on n'imagine rien. L'horreur, comme le bonheur, ne se vivent qu'au présent. Elle l'a embrassé, aspirant tout ce qu'elle pouvait de lui. Et elle lui a pris sa casquette qu'elle a mise dans sa poche.

Elle rentrait lentement. Elle se disait que si elle ne lui avait pas demandé hier d'aller chercher du riz, ils se seraient débrouillés, ils auraient même pu ouvrir la boîte de sardines qu'elle gardait. Elle se disait : « Tu pleures, tu te laves, après tu seras forte pour Jeanne. Là tu sors toute ta faiblesse dans tes larmes. » Et elle pleurait sans pouvoir s'arrêter. Elle avait pleuré jusqu'à la vraie fin d'un pleur, jusqu'à ce que cela ne soit plus possible d'entretenir cette source qui fait couler la détresse, jusqu'à ce que les yeux en soient ruinés pour l'instant. Cela ne signifie pas que le désespoir s'en va, pleurer ne saurait parvenir à l'expulser. Mais on arrive à cette limite, au-delà de laquelle il ne peut plus se montrer, ne sort plus, et retourne se tapir dans l'âme. Les larmes sont de la sueur pour une âme inconsolable.

Elle était rentrée. Elle avait dit à l'homme que c'était fini.

« Je suis désolé. Tu sais, j'aimais beaucoup Louis… Si tu as besoin de quoi que ce soit…

— Je te remercie… Mais non, juste d'être seule…

— Bien sûr… Mais n'hésite pas surtout… »

Il était parti en tirant la porte derrière lui.

Le silence de l'appartement qui est une maison, était celui qu'on imaginerait pour l'enterrement d'un colchique, pour la disparition d'un calice. Tout se taisait là. Et les choses semblaient déjà porter le deuil. Elles ne répondaient pas au poids de Manon dans l'espace. Rien ne grinçait plus pareil. Elle avait deux bras inutiles au milieu de cette absence. Et finalement elle aurait voulu tout abandonner, et Jeanne avec, et se jeter d'une hauteur.

Elle était allée s'allonger sur le lit. Jeanne était entrée dans la pièce.

« Maman, pourquoi tu dors si c'est la journée.

— Je ne dors pas. Je suis déjà debout regarde.

— Tu n'as pas une voix de debout, tu as une voix d'allongée.

— Mais non, presque plus, je vais me lever.

— Et où est papa.

— Viens là ma chérie. Viens près de moi. Ton père, il ne va pas revenir… Je ne sais pas comment te le dire…

— Quoi donc maman.

— Il est parti… Il est mort… »

Du départ de son père Jeanne n'a rien dit. Elle est allée chercher le canif, et la veste dans l'armoire. Elle a enfilé la veste immense. Et c'est tout.

Une famille nombreuse

« Il faut qu'on prenne ça aussi...

— Et ça ?

— Oh peut-être qu'on peut s'en passer...

— Et ça ?

— Oui, et tu as pensé à prendre les couverts en argent ?

— Ah non... Tu crois qu'on les emporte ?

— Oui prends-les ! Et tu t'es occupée des vêtements des gosses ?

— C'est déjà fait, chacun en a dans son sac à dos...

— Sylvain ! Arrête un peu de pleurer ! Ce n'est pas le moment !

— Mais papa, papa, c'est si terrible, qu'on doive partir comme ça d'un coup, tu te rends compte ?

— On aura tout le temps d'y penser après... Et puis comporte-toi comme un homme hein !

— Ça va...

— C'est bon, j'ai pris les couverts ! C'est hyper lourd ! Et j'ai pris ça aussi...

— Et des photos ? Ma chérie... Il faut que tu arrêtes de tousser autant...

— Oui, j'ai pris celles qu'on a sur papier. Mais il n'y en a pas beaucoup des petits. On aurait dû en faire tirer plus je te l'avais dit !

— C'est comme ça, tu ne vas pas m'engueuler maintenant !

— Si on avait été prévoyants on...

— Prévoyants de quoi ? Prévoyants qu'on aurait à se barrer ? Qu'on vivrait une guerre ? Prévoyants que ce serait la catastrophe ? Ah c'est sûr qu'on aurait dû faire tirer des photos au cas où tout ça !

— Papa, est-ce que je peux l'emmener ?

— Et moi papa ?

— Louisa, ma chérie, essaie de te retenir de tousser, tu vas te faire du mal... Vous prenez ce que vous pouvez porter on a dit, ce que vous pouvez porter tout seuls. Et ça, ça m'étonnerait que tu arrives à le porter sans qu'on t'aide...

— Si, je peux !

— En plus de tes affaires pour avoir chaud, et des choses indispensables ?

— Non...

— Alors tu vois... Tu prends ce que tu peux porter tout seul et qui est vraiment indispensable pour toi.

— Mais ça veut dire quoi indispensable ?

— Ça veut dire *dont on ne peut pas se passer*. Ça veut dire les choses pour lesquelles tu pleureras vraiment si tu ne les as plus.

— Mais moi je pleurerai si je l'emmène pas...

— Je comprends André, mais il y a l'indispensable, et il y a le raisonnable. On vous en demande beaucoup je sais. C'est pas facile. Mais il faut que tu montres l'exemple à ta petite sœur, que tu sois courageux, tu prends des choses moins grosses d'accord ?

— Oui...

— N'oublie pas les...

— Les quoi j'ai pas entendu ?

— Les chargeurs !

— Je les ai déjà !

— Et l'ordinateur ?

— L'ordinateur oui ! Qu'est-ce que c'est que ça ! Tu peux pas emmener des vinyles !

— Mais je ne peux pas m'en passer !

Et avec quoi tu les écouteras ?

— Je me débrouillerai, je trouverai bien ! Et puis je les aurai...

— Mais ça va prendre de la place pour rien !

— Laisse-le, si c'est lui qui les porte c'est son problème, il est grand !

— Aide au moins ton frère et ta sœur un peu...

— J'y vais...

— Et tes parents ? On les laisse là ?

— Ça va pas ! On va pas laisser mes parents tu es fou !

— Mais ça va être tellement encombrant les deux urnes...

— Déjà ma mère était enfermée dans l'armoire, ensuite elle a échoué sur la commode, à côté d'une azalée fanée en plus, c'était sinistre... Et maintenant qu'ils sont morts tous les deux... Ah non on ne va pas les laisser là !

— Mais ça va être franchement lourd avec tout ça !

— Tu sais quoi, je vais mettre leurs cendres dans un sac en plastique, voilà !

— Et on les jettera où ?

— On les *jettera* pas ! On trouvera un endroit, on verra !

— Tu fais comme tu veux, c'est tes parents même si c'est que des cendres...

— Ce sont *leurs* cendres !

— Les *leurs* d'accord !

— C'est tout ce qui reste d'eux... Les cendres ça ne brûle pas... On ne peut pas brûler les cendres, ça ne disparaît pas complètement... Je les disperserai quelque part...

— Maman !

— Demande à Sylvain de t'aider !

— Il peut pas, il cherche un livre...

— Un livre ?

— Et le chat ?

— Ils ont dit pas d'animaux non ? Je vais le faire sortir, il se débrouillera bien.

— Oui oui tu as raison... On n'a pas le choix hein... Tu sais où il est ?

— Je l'ai vu aller sous le lit il y a deux minutes.

— Il y a beaucoup de monde qui attend aux camions ?

— Attends je vais voir...

— Alors ?

— Oui, ça fait pas mal de monde. Ils ont dit qu'ils évacuaient tout le quartier... Il est quelle heure ?

— Onze heures vingt. Enfin à ma montre, mais je sais pas si j'ai exactement la même heure qu'eux. Dis... Tu as bien pris les médicaments de Louisa ? Elle tousse tellement, c'est de pire en pire...

— Je sais... Oui je les ai pris...

— Ça me fout une boule au ventre, j'ai une boule au ventre tout le temps, j'ai tellement peur pour elle… Ça passe pas, ça fait des jours…

— Je sais… J'espère qu'il y aura un médecin là-bas…

— Papa, tu crois que Jeanne va venir aussi ?

— Avec sa mère, oui, j'imagine…

— J'espère qu'elle va venir !

— Ça y est j'ai trouvé !

— Trouvé quoi ?

— Le livre que je cherchais, je voulais le lire depuis longtemps…

— Et donc tu perds du temps à chercher ça plutôt que d'aider ?

— Désolé…

— … allez, allez mon chat, sors, c'est bien c'est bien, viens là oui tu es gentil, tu vas aller faire un petit tour dehors, allez…

— Faut tout te mâcher de toute façon, même dans un moment pareil… Faut toujours t'expliquer quoi faire et quand le faire et même comme ça tu ne le fais pas…

— J'ai dit que j'étais désolé… Mais je voulais le lire depuis longtemps… Marek m'en avait parlé…

— Ah, celui-là !

— Quoi *celui-là* ?

— Et tu comptes le lire quand ce bouquin ?

— J'en sais rien… Dans le camion, ou plus tard… Je n'aime pas n'avoir rien à lire du tout…

— Il faut aussi qu'on emporte le buste qu'on avait rapporté de Grèce ! La reproduction en résine… !

— Tu sais où on l'a rangé ?

— Je crois qu'il est dans le placard, sur la dernière étagère !

— Non ! Il n'y est pas !

— Ou alors dans la commode !

— Non !

— Je ne sais pas !

— Je ne trouve pas !

— Eh bien tant pis !

— C'est dommage... André, arrête de courir comme ça partout !

— Mais c'est parce que je m'entraîne !

— À quoi ?

— À courir au cas où... Sylvain a dit qu'on devrait peut-être courir très vite...

— Sylvain, mais pourquoi tu racontes ça à ton frère ? Tu veux qu'il ait peur c'est ça ?

— Je crois qu'on devrait tous arrêter de faire semblant devant les petits... Ils vont bien se rendre compte de toute cette horreur, ils vont avoir à la vivre...

— Pas forcément tu vois ! Là, les soldats ils vont nous emmener dans des camps ou je sais pas quoi, où nous serons en sécurité ! Alors pour l'instant on essaie encore de leur en cacher le maximum...

— Et vous êtes sûrs de ça ?

— De quoi ça ?

— Qu'on sera en sécurité. On croyait l'être ici, jusqu'à ces derniers jours...

— Oui mais là ce sera différent parce qu'on sera avec l'armée...

— Si vous le dites... Mais je ne vois pas ce qui sera différent en fait... C'est la guerre !

— Peut-être que ça va s'arranger quand même tout ça !

— *Toute lutte entre deux parts, entre deux volontés, entre deux haines est une guerre*... Et on est en plein dedans... On ne sait pas ce qui peut se passer...

— Mais on ne sait jamais ce qui peut se passer dans la vie, Sylvain, jamais !

— Mais là c'est pire... On ne sait pas comment ça peut dégénérer, quelqu'un qu'on croyait connaître... Une guerre, c'est l'extrême de l'humain, et donc de nous-mêmes...

— Sylvain, tu fais peur à Louisa, tais-toi s'il te plaît... Ma fée, essaie de moins tousser, vraiment il faut que tu essaies...

— Mais pourquoi on n'est pas partis plus tôt ? On aurait pu, avant... On aurait pu aller rejoindre la famille, on aurait pu aller à la campagne... Ça aurait été plus facile...

— Parce que ta mère et moi, on a cru bien faire, on a cru que ça allait passer tu sais... Qu'ils allaient régler tout ça... Que ce n'était l'affaire que de quelques semaines tout ça... Que ça n'irait pas plus loin...

— Mais c'est allé plus loin !

— On est restés, voilà, on n'est pas les seuls !

— Les enfants, est-ce que vous avez fini ?

— Oui !

— Oui maman...

Ma pauvre chérie... Ma petite chérie... Je vais vous aider à fermer vos sacs. Tu leur mets leurs manteaux ?

Oui oui. André !

— Mais je prends juste mon violon.

— Ça ne rentrera pas dans ton sac à dos, j'ai déjà du mal à le boucler !

— Mais je veux le prendre mon violon.

— C'est bon, je vais le mettre dans le mien, j'ai de la place moi...

— Merci Sylvain, je voulais pas laisser mon violon.

— Je sais mon gars. Tu vois je le mets dans mon sac, ça tient...

— Tu n'as pas emporté beaucoup toi ?

— Non...

— Mets ça dedans aussi tu veux ? Ça rentre ? Tu veux que je t'aide à fermer ?

— Non c'est bon j'ai réussi...

— On n'a rien oublié ?

— Cette question... On a forcément oublié quelque chose... On regrettera forcément quelque chose...

— Je disais ça par réflexe... »

« Tu as bien fermé ?

— Oui oui... Enfin je crois... Attends je vais vérifier !

— Alors ?

— Oui, j'avais bien fermé !

— Papa, câlin...

— Viens là ma fée... Montre-moi ton front... Elle est brûlante...

— On va bientôt monter dans les camions, il y aura forcément quelqu'un, un médecin...

— Pourquoi on doit se dépêcher ?

— Parce que les camions vont partir.

— On va dans des camions ?

— Oui...

— Pourquoi ?

— Pour aller s'installer ailleurs quelque temps... Ne parle plus ma chérie, il faut pas que tu parles, ça te fait tousser encore plus...

— Mais on reviendra ici chez nous ?

— Oui sûrement on reviendra... Bientôt. On espère... »

« Laissez-le !

— Vous ne le connaissez pas ! Il s'appelle Marek...

— Laissez Marek ! De toute façon vous ne faites pas le poids face à lui ! Il est plus brave que nous tous ! Il est grandiose ! Vous n'arriverez pas à l'emmener !

— Mais pourquoi tu t'en mêles Sylvain, tu vas nous faire remarquer !

— Ça m'est égal !

— Il devrait n'y avoir que ta famille qui compte !

— Il n'y a pas que nous tout le temps ! Laissez-le je vous dis ! Laissez-le il n'obéira jamais ! Il veut mourir ici !

— Sylvain arrête... Tu n'en sais rien...

Il me l'a dit !

— Ce Marek !

— Ce qu'il vient de dire est vrai ! Il mourrait pour ça. Il mourra ici tant pis qu'est-ce que ça peut vous faire à vous ?

— Même si vous l'emmenez, il sautera du camion dans lequel vous l'aurez fait monter, il sautera même en marche, même s'il doit se tuer dans la chute !

— Laissez-le on vous dit ! Laissez-le, il n'obéira jamais !

— On ne peut pas forcer quelqu'un à se sauver...

— C'est sa vie ! Laissez-le !

— Après tout oui. Laissez-le, qu'il reste s'il y tient tant.

— Ils l'ont lâché ! Je le savais qu'ils n'arriveraient pas à l'emmener... C'est le meilleur d'entre nous... »

« C'était quoi ça ?

— Vite, cours !

— Sylvain ! Sylvain ! Par ici !

— S'ils commencent à tirer en plus...

— Maman, j'ai très peur...

— Moi aussi j'ai peur... »

« Ne vous inquiétez pas... Tout va bien maintenant...

— Excusez-moi monsieur, vous savez ce que c'était ?

— Un chien qui a été abattu apparemment. Son maître ne voulait pas partir sans lui...

— Tu vois, on a bien fait de laisser le chat...

— Oui, on a bien fait c'est sûr... Ça aurait été terrible pour les enfants...

— Ne parle pas si fort...

— Qu'est-ce qui est terrible papa ?

— Rien du tout. Rien d'important...

— Et le bruit c'était quoi ?

— Un pneu qui a explosé.

— Quel pneu ?

— Ça va aller ma chérie… On va faire un long voyage, tu seras dans mes bras, tu vas dormir, tu vas te reposer pour bien guérir…

— Oui papa…

— Et pourquoi tout le monde a crié et courait ?

— Par surprise. Mais ce n'était pas grave.

— Qu'est-ce que vous faites ?

— Cette femme nous bénit… Elle bénit tout le monde…

— Mais pourquoi ?

— Laisse, une bénédiction c'est toujours bon à prendre… C'est à nous !

— Ah oui…

— Nom ?

— … De Cabane.

— Combien êtes-vous ?

— Cinq. Ma femme nos trois enfants et moi.

— C'est bon montez.

— On va où maman ?

— On ne sait pas…

— Mais on y va quand même ?

— Oui, on y va quand même… »

Shoresh

La guerre désœuvrait, et il était souvent comme ça à ne pas savoir comment occuper le vide. Shoresh avait 22 ans, il vivait avec son frère et sa belle-sœur qui étaient sortis tôt ce matin. Il s'était dit qu'il pourrait ranger un peu, que ça leur ferait plaisir quand ils rentreraient. Que ce serait une bonne chose. Il n'avait pas entendu les soldats. Il ne pouvait pas les entendre. Il était sourd de naissance. Et muet.

Aux premières explosions il y avait quelques semaines, il n'avait pas réagi. Pouya et Rojda s'étaient précipités à la fenêtre, alors lui aussi. Il n'avait pas entendu l'épouvante, il l'avait vue sur leurs visages. Le ciel était alors redevenu en un instant autre chose que du bleu ou du gris qui se contemple.

Quand il était petit, à un feu d'artifice d'un été, il avait dit en langue des signes : « C'est plus beau que les étoiles filantes ! » Il ne savait pas que ce n'était pas comparable. Il ne savait pas que les étoiles filantes étaient silencieuses. Lui, il regardait les bruits avoir lieu sur les visages des autres, et les rendre graves parfois.

Comme il est pratique pour l'humanité et sa bonne conscience que les poissons ne crient pas à leur mort, on se dit qu'ils ne souffrent pas, on peut triturer sans vergogne. Un cri, ça crée des scrupules. Mais Shoresh savait que les poissons criaient. Il voyait que quelque chose changeait dans leurs yeux. Ça lui faisait mal à lui aussi. Si on l'avait torturé, il n'aurait pas pu crier non plus.

Il avait dû boire le monde, scruter des détails impalpables, pour pouvoir presque l'entendre.

Il rangeait, sans se presser. Et puis il avait senti l'air vibrer différemment dans son cou. C'était son frère. Ils étaient rentrés.

Avant qu'il n'apprenne la langue des signes, il communiquait comme ça, à travers son frère. Il soufflait sur son bras, des souffles différents suivant ce qu'il voulait dire. Et son frère transmettait à leurs parents, puis lui répondait en soufflant lui aussi.

Un souffle vif pour « oui », un long pour « non », deux courts pour « je veux dormir », un projeté presque comme un postillon pour « j'ai faim », un froid et lancinant pour « on va dehors ? », un souffle entrecoupé et très rapide pour « j'ai peur », un souffle chaud et plaqué contre la peau pour « je t'adore ». Il y en a qui ne savent pas comment donner du chaud avec le souffle, en plaquant les lèvres contre la peau ; c'est peut-être inné de savoir comment faire. Son frère savait, et Shoresh aussi.

Là, c'était un souffle éloigné qu'il sentait sur sa nuque, et qui signifiait « c'est moi ».

Shoresh s'était retourné, et Pouya lui avait dit en langue des signes :

« Nous devons partir / Il y a des soldats qui sont là / ils sont venus nous chercher / Tu fais un sac / vite / ok ?

— Ok. »

Shoresh était allé dans sa pièce faire son sac ; d'affaires chaudes, de pulls, d'une paire de chaussures en plus. Il le fait calmement. Il n'entend pas l'urgence répétée. Il est dans son silence éternel.

Il savait déjà, en entrant dans sa chambre, ce qu'il voulait emporter absolument. Un parfum. Celui d'un morceau de tissu de chez leur grand-père, qu'il avait roulé en boule lorsqu'ils avaient dû quitter leur terre il y avait quelques années, et qu'il ne déployait que rarement, juste pour se gorger d'une bouffée qui ramenait tout pour quelques secondes.

Il hume ce tissu rouge pour s'en remplir. L'odeur, c'est encore celle de ce lieu perdu. Une odeur de désert sec rentré dans une maison, d'épices éventées, de transpiration rance. C'est une odeur à laquelle il tient, et comme un animal, il la renifle, en fermant les yeux. Ses inspirations sont plus longues que ses expirations. Il s'emplit d'un réconfort. Mais l'odeur pâle s'échappe aussitôt qu'il veut la saisir davantage ; il roule le tissu pour l'emprisonner de nouveau, qu'elle se reforme le temps qu'il l'oublie, pour la prochaine fois où il aura ce besoin de la respirer. Il l'enfouit dans le sac qu'il ferme.

Il y a de nouveau le souffle sur sa nuque. Pouya fait ça, plutôt que de lui taper sur l'épaule, parce qu'il craint de le faire sursauter.

Shoresh se retourne. Pouya, en langue des signes :

« On va y aller / tu es prêt ?

— Oui c'est ok / Pouya / je peux te poser une question ?

— Bien sûr !

— Tu es triste / de partir ?

— C'est comme ça / on doit.

— Je peux te poser / une autre question ?

— Vas-y.

— Est-ce que je suis / un poids pour toi ? / Avec la guerre ?

— Non / Shoresh / tu n'es pas un poids / Tu es mon frère.

— Oui / Mais / est-ce que / je suis un poids / d'être sourd ?

— Ça change quoi ?

— Que je n'entende pas / le danger / et tout le reste.

— Il y avait déjà du danger / avant.

— Du danger / à entendre ?

— Oui / la guerre / là-bas.

— Mais pas quand on était / tout petits.

— Si / le tonnerre / par exemple.

— Mais ce n'était pas aussi / dangereux.

— Ça pouvait.

— Mais ce n'est pas pareil.

— Ce n'est pas pareil / mais je te protégerai pareil.

— Pas toujours / quand même ?

— Tant que tu auras besoin / de moi.

— Ok.
— Ok / Allons-y. »
Shoresh le suit.
Lui revient ce proverbe de ses aïeux : Regarde avec les sons, écoute avec ton cœur.
La guerre, ils la connaissaient. Celle de leur « là-bas ». Celle des luttes sans fin des Kurdes. Cela faisait longtemps que leur candeur avait été cassée. Ils avaient vu un ami de leur grand-père qui était joueur de guitare se faire briser un à un les doigts pour avoir fait sonner des morceaux interdits. Ils avaient vu leur père être pendu sous leurs yeux. Ils avaient vu leur mère et leurs sœurs être violées dans l'agonie. S'ils les évoquaient parfois, c'était avec ce trouble s'excusant, qui se nomme dignité.

À la porte, il y a déjà Rojda, elle lui sourit d'un sourire un peu terrible, d'un sourire un peu apitoyé. Elle est gentille Rojda, mais elle est toujours désolée pour lui, et ça se voit. Elle veut lui porter son sac, comme s'il était invalide en plus, comme s'il n'avait pas de bras pour le tenir tout seul. Mais ça ne le vexe pas ; il sait comme les gens se sentent coupables vis-à-vis de lui, comme s'ils croyaient lui avoir volé quelque chose, cette ouïe et cette voix qu'il n'a pas, qu'il ignore ; alors qu'ils n'y sont pour rien. Il lui fait le signe que « ça va », qu'il n'a pas besoin d'être aidé.
Ils ont descendu l'escalier de l'immeuble.
Dehors, Shoresh voit le monde parler avec des mouvements de mots et de haltes ; il voit Pouya et Rojda discuter, de lui peut-être. Et le soldat, quand c'est leur tour, lui demande son nom et

il ne peut pas entendre sa question ; et Pouya répond pour lui, qu'il est avec eux. Ils montent et s'assoient dans le camion.

Son frère passe un bras sur ses épaules. Un souffle chaud et plaqué contre sa peau pour « je t'adore ». Shoresh fait le même souffle : « Je t'adore aussi. »

Dans cette étreinte, il croit encore sentir un soupir de son frère, mais il n'en est pas sûr.

Deux âmes

Souvent, il était assis dans un angle formé par deux immeubles. À cet endroit, il ne pouvait pas gêner. Un coin où personne ne marchait jamais. Où on pouvait les oublier, lui et son chien. Où coucher leur sommeil.

On ne savait pas son nom. Ni celui de son chien. Il ne l'appelait pas, il lui disait toujours « viens », et le chien le suivait, sans s'éloigner de plus d'un mètre. D'ailleurs, peut-être était-ce son nom, « Viens » ? Ça pouvait être un nom après tout. On n'en savait rien. On aurait pu le savoir si on avait demandé, si on s'était arrêté au lieu de passer. On n'osait pas. On passait vite. On se disait que c'était par un respect taiseux, qu'on n'osait pas. « Ceux qui vivent dans la rue, ça m'impressionne, j'ai peur de faire des gaffes en leur posant des questions, j'ai peur de réveiller des blessures. » C'était ce qu'on se racontait pour justifier la hâte et nos regards en l'air. C'était surtout qu'on ne faisait pas l'effort de cette relation. On manquait de curiosité.

S'il vient une rédemption au règne des humains, en un siècle lointain qu'on ne verra pas, elle ne se trouvera que dans la curiosité. On dit toujours, que c'est l'amour, qui sauvera tout. Mais qui peut affirmer pouvoir bien le définir, et aussi le faire durer ? Et comment pourrait-il y en avoir suffisamment, lorsque c'est déjà si vite des drames dans presque chaque famille ? On tue par amour, on ne tue pas par curiosité. Celui qui est curieux de l'autre, et de ce qui l'entoure, de ses coutumes, de ses lubies, de ses folies, il lui fait de la place dans sa compréhension. Ne pas être curieux c'est ça qui rend blasé, c'est ça qui rend amer, c'est ça qui rend méchant. C'est triste comme une légende qui s'éteindrait pour rien, c'est triste comme ça, c'est triste comme une couche de poussière sur un roman sublime.

On était passé à côté de cet homme sans le nommer. Pourtant, on l'apercevait. Avec son gros sac sur l'épaule, la faisant plus basse que l'autre à force, sous le poids de ce qu'il transportait. Un gros sac en plastique tressé, à carreaux bleus et blancs, avec une fermeture éclair, et dont une anse avait été réparée avec de la ficelle.

Au début, quand il était arrivé dans le quartier, il avait plus de sacs que ça. Il en portait au moins quatre, très remplis, très bourrés. C'était alors un homme à la rue depuis peu, qui avait encore plein d'affaires de sa vie avec un toit. Comme on ne savait pas son nom, on ne savait rien non plus de cette vie d'avant. Il vivait dehors. Depuis trois ans déjà. Quand il avait trop faim, il mâchait l'eau, dans sa bouche. Il s'appelait Guy, ce qui signifie forêt. Et il ressemblait à un cyprès.

Ce qui s'était passé, c'est qu'on lui avait volé son outil de travail. Et c'est comme de tuer quelqu'un, que de lui voler ça, l'instrument qui lui permet de ne pas rêver de pain, c'est comme de tuer quelqu'un sans coup de feu. Après, ça avait été l'histoire classique : il n'avait plus pu travailler, les factures s'étaient précipitées sur lui, il avait perdu sa femme, il avait perdu son logement. C'était allé très vite, comme on le raconte toujours.

Il avait trouvé ce chien sous une bâche de chantier, sans collier et sans maître, hagard, affamé. Il était jeune, avec ses petits crocs blancs, on pouvait dire que c'était encore un chiot. Guy l'avait porté, le chiot s'était laissé faire en tremblant, s'abandonnant dans ces bras ; il n'avait pas la force de leur résister. Mais quand Guy avait effleuré une de ses pattes, le chiot avait sursauté et avait failli mordre. Il avait dû recevoir des coups et des cris. Il avait des craintes de douleur, à cette patte ; et aussi à la croupe ; il ne fallait pas le toucher là.

Les premiers jours, Guy lui donnait des petits bouts de nourriture sur le plat de sa main, des miettes, et le laissait lécher doucement cette paume. Le chiot léchait de sa langue rose, et sentait la paume être loyale. Quand Guy baissait son visage pour préparer de nouvelles miettes, le chiot le regardait, en douce, il s'imprégnait des traits de cet inconnu qui le nourrissait, pour pouvoir le reconnaître. Et dès que Guy se tournait de nouveau vers lui, le chiot fermait les yeux, et léchait les miettes renouvelées. C'est ainsi qu'ils avaient fait connaissance.

Le chiot avait repris des forces. Il avait commencé à grandir, et à remuer la queue. Il suivait Guy sans que celui-ci le lui demande. Il ne le quittait plus des yeux. Ils devenaient les amis comblant leurs vides mutuels. Et Guy parlait pour deux.

Il l'avait appelé Totem. C'était le sien, il le vénérait. Ils se vénéraient.

Totem avait sauvé Guy de ses mauvaises pensées, celles qu'il ressassait dans son isolement, et dont il faisait de belles phrases pour tromper son ennui et sa faim. « M'ouvrir les veines bleues avec un couteau gris, et voir couler le sol. Tarir ma source sans même m'en rendre compte. On me retrouvera là demain, mais je n'aurai plus à m'en soucier. » Désormais, il se répétait moins ces ténèbres. Avoir Totem à ses côtés lui donnait une direction. Il ne survivait plus pour lui seul. Il ne mendiait plus pour lui seul non plus. Il achetait avec les gains de sa quête quelque chose qui tienne à leurs deux corps. Il mangeait dans une assiette de fer blanc sa moitié, puis il donnait l'autre à Totem qui l'avalait rondement et laissait l'écuelle toute brillante comme un miroir. Ils partageaient la même pitance dans la même gamelle.

Il arrivait encore que Guy s'emporte, c'était des crises, des phrases lancées à tue-tête comme : « Si je dis que je suis le meilleur à l'état brut, c'est que je suis le meilleur à l'état brut ! » On se retournait sur lui, on changeait de trottoir, on le traitait de cinglé. Totem n'aimait pas ça, n'aimait pas quand ça tonnait depuis la gueule de son maître. Ça l'inquiétait, il ne le reconnaissait plus. Mais il le suivait fidèlement, attendant le moment pour aller mettre sa tête sous sa main. Alors Guy se calmait, s'asseyait sur son gros sac, s'excusait auprès de son chien d'avoir hurlé, se mettait à pleurer, et Totem buvait ses larmes.

Son chien ce n'était pas l'ombre, c'était la joie qu'il n'avait pas, qu'il ne pouvait plus avoir. C'était son émerveillement, à l'extérieur, qui gambadait. Guy le contemplait, aboyer et courir inlassablement après les oiseaux pour les attraper ; ils s'envolaient et Totem aurait voulu pouvoir courir dans ce sens-là aussi.

Le soir, quand ils s'installaient pour la nuit dans leur coin entre les deux immeubles, ayant déroulé la couverture, ayant fait un oreiller du sac, avec un bras passé dans l'anse pour éviter le vol, et que Totem se calait et posait la tête sur l'épaule de Guy, celui-ci lui disait : « Tu es mon seul ami. Tu le sais que je t'aime ? Tu le sens que je t'aime ? » Et le regard de son chien se plongeait dans le sien, et c'était vertigineux pour eux deux, de se comprendre sans se comprendre. Ensuite il ajoutait : « Allez, on dort, on dort à Andorre. » Il aimait ce jeu de mots, de sonorités, il le répétait à chaque coucher, c'était le rituel. Au moindre bruit, Totem dressait ses oreilles, il veillait sur son maître. Au moindre bruit, Guy ouvrait un œil, il veillait sur son chien.

Totem était devenu grand. Il avait de longs poils, et ses babines avaient l'air contentes. Son aboiement, c'était long et étouffé et saccadé, on aurait dit un chant antique.

« Ah bah il a froid le chien. Vous devriez avoir honte !

— Taisez-vous ! Un chien c'est un loup. Et un loup vit dehors. C'est notre vie on est ensemble ! »

Celui qui l'avait interpellé lui tournait le dos et marmonnait en mastiquant ses indignations.

Que ce chien vive dans la rue, c'était grave, plus grave que pour un homme ?

L'appartement du chien n'est pas le même que celui du maître. Le maître est le centre. Le lit, le canapé, s'ils sont là c'est bien, mais ça ne compte pas. Il n'y a que le maître qui compte. Guy était le lieu où Totem souhaitait vivre.

Et Guy prenait soin de lui. Il avait économisé pendant des mois, mettant une pièce par jour dans sa poche droite, celle qui n'était pas percée, pour pouvoir le faire examiner par un vétérinaire. Le jeudi du rendez-vous, il s'était bien lavé le visage au robinet public. Il était arrivé dans le cabinet, demandant s'il pouvait poser son gros sac quelque part où ça ne dérangerait pas, s'excusant de ses chaussures sales, et du reste. Il voulait savoir si Totem allait bien, si tout allait bien. Le vétérinaire avait ausculté ce chien si doux qui ne bronchait presque pas, qui ne détournait pas la tête à l'inspection des oreilles, qui se livrait comme seul le fait un chien très chéri par son maître. Totem se portait bien. Guy était rassuré. Au moment des formalités, il n'avait pas d'adresse à donner. Le vétérinaire avait alors compris : le sac, les chaussures, les précautions de cet homme à ne pas vouloir embarrasser. Il ne lui avait pas fait payer la consultation. Guy avait insisté, il tenait à ne pas avoir de traitement de faveur. Mais le vétérinaire n'avait rien voulu entendre. Ils s'étaient serré la main. Guy ne lâchait pas cette main et répétait « merci ». Le soir, avec un peu des économies de la poche droite, ils avaient mangé du poulet rôti dans la gamelle de fer blanc.

Guy s'était rendu compte avant tout le monde qu'il n'y avait plus de moineaux du tout, qu'ils avaient disparu. Il disait ça à voix haute, la tête tournée vers les marronniers : « Où sont donc les moineaux ? »

Passant leur vie dehors, ils avaient été les témoins des premiers changements de la rue. De cette montée sourde que chacun cherchait à ignorer. Les regards se croisaient encore sur les trottoirs, mais ils avaient changé. C'était vide entre les êtres. Ça se disait à peine bonjour, ça ne se souriait pas. Ça baissait un peu la tête, mais pas devant Guy, devant lui on la relevait pour faire croire qu'on ne l'avait pas vu. Il avait l'habitude… On se dépêchait, on pressait le pas. Parfois le chien suivait ces jambes quelques instants en aboyant, et revenait vers son maître en remuant son panache : la joie de vivre, dans une guerre qui couvait.

Tout était devenu gris. Le gris, c'est la couleur de la peur, quand les pensées se figent et quand ça ne ressemble plus à rien.

Depuis le début de la guerre, quand ça explosait et que Totem tremblait, Guy mettait ses mains sur les oreilles de son chien, très fort, et il lui chantait un chant qu'il inventait, très fort, pour couvrir ce mauvais tonnerre. Il couvrait les explosions par un chant dérisoire. Totem le fixait de sa confiance et s'endormait. À force, il avait commencé à s'endormir à cette folle berceuse. Et quand les explosions s'arrêtaient enfin, et que Totem dormait, c'est à lui-même que Guy bouchait les oreilles, pour ne pas entendre le silence qui suivait. Pas du silence. Le vrai silence n'existe pas. Le silence véritable, c'est quand il n'y a plus rien pour écouter, c'est quand c'est la mort ; là, tout se tait, c'est sûr et c'est sans appel. Guy se bouchait les oreilles pour entendre son corps bruissant derrière les tympans, et on aurait dit mille serpents en lui, et il serrait jusqu'à en avoir mal, jusqu'à sentir la résistance de ses mâchoires. Il aurait pu s'évanouir, d'écouter le son de son sang se déplaçant dans ses tuyaux, sa propre mécanique, d'entendre circuler le liquide rouge qui n'est pas rouge tant qu'il ne se répand pas. Mais il préférait ça, à cette peur suspendue au-dessus d'eux.

Ils avaient fini par trouver un abri, contre le froid, un local électrique dont la porte avait cédé. Il y faisait du feu avec ce qu'il trouvait à brûler. Il lançait des pierres sur les oiseaux qui restaient, des pigeons.

« Prenez vos affaires ! N'emportez que le nécessaire ! Dépêchez-vous ! Dépêchez-vous ! Vous avez une heure ! Nous repartirons à midi pile ! Dépêchez-vous de faire votre bagage ! Seulement ce que vous pouvez porter, un seul sac par personne ! Un seul sac par personne ! »

Existent-ils des gens qui seraient capables, en cet instant, de tout quitter sans une trace de leur passé, les mains dans les poches ne se retenant à rien, sans une relique, sans une bricole ? L'animal peut fuir de cette façon-là, en n'emportant rien dans sa gueule, en détalant avec son épouvante et sa liberté, et sa peau, en ne transportant que sa vie. Sauf le Xenophora, cet étrange mollusque qui soude sur sa coquille des débris de sublime, des nacres, des cailloux, des bouts brisés de coraux, des morceaux d'autres coquillages. Toujours, des bribes qu'il ramasse. Parfois, c'est démesuré comme un délire ; ça dépasse comme une aile. Lorsqu'il a fixé l'un de ces éclats, il ne peut plus le détacher. Et ça l'accompagne comme une histoire qu'il se serait inventée. Il arrive que cela se casse, ou que cela tombe et laisse comme une cicatrice lisse, et il ne peut pas combler ces manques. Pour le reste, c'est sur lui comme il l'a voulu. Il y a des théories, qu'il se camoufle, qu'il se protège, ou qu'il se leste. Mais c'est peut-être un collectionneur, qui se soude tout ce à quoi il tient pour ne pas le perdre ni avoir à le quitter. Et son sac d'exode à lui, n'est pas à faire.

Le sac de Guy non plus n'est pas à faire, il l'a là, sur son épaule. « Viens. Viens mon loupiot. » Totem reconnaît les mots qui le concernent, des surnoms inventés pour lui, il penche un peu la tête.

Guy attache une corde à son collier, une laisse de fortune pour éviter de le perdre dans la foule qui s'est formée. Et il se met dans une file au hasard. Docilement. Parce qu'il les a vu arriver, que c'est un événement, que cela signifie peut-être un lieu pour eux deux quelque part, un nouveau départ. Une vieille dame lui lance un regard étrange qu'il ne comprend pas.

Tout le monde piétine, attendant fébrilement d'arriver au niveau de l'arrière d'un camion et de faire cocher son nom. Guy sait que le sien n'est sur aucune des listes. Mais ils les laisseront certainement monter quand même, lui et Totem.

C'est son tour.

« Votre nom ?

— Guy

— Guy comment ?

— Guy c'est tout.

— Vous n'êtes pas sur la liste.

— Excusez-moi, je ne dois être sur aucune des listes, je vis dans la rue. »

Le soldat le toise. Et voit le chien, là, au bout de la corde, assis aux pieds de cet homme. Il lui dit : « Vous, vous pouvez monter. Mais pas le chien. Les animaux sont interdits. »

Guy n'avait pas entendu ça, cette partie des consignes. Il a son cœur qui s'agite.

« Comment ça, les animaux sont interdits ?

— Ils sont interdits, c'est comme ça, vous l'auriez su si vous aviez écouté !

— Mais, pardon, comment, enfin pourquoi sont-ils interdits ?

— Par mesure sanitaire. Déjà, avec les morts, on craint des épidémies, alors on ne va pas en rajouter avec des animaux qui pourraient être porteurs d'on ne sait quoi !

— Mais je n'avais pas entendu ça !

— J'ai bien vu ! En tous cas, vous ne pouvez pas emmener le chien. »

Guy lui explique que c'est son chien quoi, qu'il ne prendra pas de place, qu'il le mettra sur ses genoux et voilà.

Le soldat rétorque : « Je vous le répète, c'est l'ordre que nous avons reçu, aucun chien, aucun chat, aucun animal. Vous devez laisser ce chien ici. »

Guy commence à être un cyprès qui se bouleverse, ça se chahute là-haut, il a maintenant la crainte qui monte. Il se ronge les dents. Il a raccourci la laisse pour rapprocher Totem de lui, et il lui touche la tête. Totem le regarde, avec ses yeux optimistes de bon chien.

Guy gonfle sa voix : « Écoutez, je le comprends que vous avez des ordres. Mais je peux pas le laisser. C'est mon chien, c'est mon ami. Il s'appelle Totem. Je l'ai depuis qu'il est tout petit, je l'ai trouvé. Peut-être, si je laisse le sac, vous voulez bien que j'emmène le chien ? C'est peut-être ça le problème, comme vous avez dit " un seul sac par personne ", que ce qu'on peut porter et tout, je laisse le sac ? C'est peut-être ça le problème, le volume que ça prend, alors je laisse le sac d'accord ? »

Le soldat voit que ça va être difficile de convaincre celui-là.

« Vous êtes bouché ou quoi ! Les animaux sont interdits, un point c'est tout. Ça ne change rien si vous laissez le sac. Et je vous conseille de le garder votre sac, vous en aurez besoin.

— Alors je ne viens pas, je ne monte pas dans le camion, si Totem ne peut pas venir je reste avec lui.

— Nous avons ordre d'évacuer toute la zone. Vous êtes obligé de venir.

— Peut-être je pourrais parler à quelqu'un, à votre supérieur peut-être, pour lui expliquer ma situation ? Je ne peux pas laisser Totem je vous assure c'est impossible. S'il vous plaît, soyez compréhensif, et regardez comme il est doux. »

La douceur, le soldat, il aime pas, il en a du mépris. « C'est la guerre, et on me parle de douceur là, et qu'est-ce que ça vient foutre là-dedans putain ! » Déjà il ne se contrôle plus bien les nerfs, il touche un peu trop son arme, il lance des éclairs de tous les côtés, il cherche sur quoi s'appuyer pour faire céder cet homme. « Le chien, j'en ai rien à foutre ! Et même, j'aime pas les chiens. Alors ce *Totem* qu'est-ce que j'en ai à secouer ! Il commence à m'emmerder carrément ce type, et il pue en plus, et il essaie de me faire pitié avec ses explications à la mords-moi-le-nœud. On est là, on va les évacuer, ils sont même pas reconnaissants des risques qu'on prend, et en plus ils font chier avec leurs exigences ! C'est qu'un chien. Un bâtard en plus, ça vaut rien. »

Guy dit : « S'il vous plaît... Ou je peux vous donner mon argent ? Il y a pas grand-chose, mais je n'ai que ça. » C'était sa dernière ressource ; il sort de sa poche droite quelques pièces et une enveloppe en charpie, de laquelle dépassent deux billets, et il regarde le soldat dans les yeux comme si tout était résolu.

Et là, d'un coup, le soldat soulève son arme et tire dans la tête du chien. Le corps fauve s'effondre, glissant contre les jambes protectrices qui sont maintenant trempées de rouge.

Il n'y a plus rien à faire, la petite tête, ce n'est plus qu'un bout de museau et une oreille. Le reste a giclé tout autour. Et ça fait une tache de sang sur la neige.

La foule s'est emportée, et court dans la panique du bruit éclaté. Mais Guy ne s'en aperçoit pas. Il fixe l'écarlate qui se propage, il ne peut pas détacher son regard de ce sang sur ce blanc. C'est une hypnose qui retarde la douleur.

Il continue de caresser une tête devenue invisible, contre son pantalon sur lequel il y a de minuscules morceaux de cervelle. Tous les gestes avortés quand on a perdu son chien, tous les réflexes qui sont là et qui ne trouvent plus de corps. Il continue de fixer la rougeur qui s'écoule.

Le soldat ne l'a pas oublié : « Voilà, c'est réglé comme ça. Vous n'avez plus à penser au chien. Montez dans le camion maintenant. »

Guy n'entend pas.

« Montez dans le camion je vous dis ! »

Guy tombe, il s'agenouille. « Non non non non non non non non non... » C'est le non d'après les tragédies, celui qui est dit d'instinct, celui qui est répété pour enrayer le temps, le non qui devrait faire reculer de quelques instants les événements.

« Montez monsieur ! Vous retardez l'avancée de la file depuis tout à l'heure avec vos histoires, et votre chien ! Ça a foutu un bordel pas possible ! Il est mort maintenant, on peut avancer ! »

Guy vient de soulever le corps à la tête explosée. Il dit : « Ça va aller, ça va aller Totem. » La mâchoire pend. Le sang continue de couler et de tracer un chemin sur la neige. Il s'éloigne avec ce corps qu'il étreint terriblement.

« Monsieur, revenez ici ! »

Il s'éloigne encore. Le soldat ne peut pas s'occuper et de lui et de la file, alors il écrit « Monsieur Guy » sur sa fiche et il coche une croix à côté. Personne n'en saura rien.

Guy a déposé le corps détruit dans le local. Il l'a bien regardé. Pour comprendre. Il sait que c'est fini. Maintenant il sait qu'il est mort. Une mouche s'est posée dessus. Il ne peut pas l'enterrer, c'est trop gelé partout. Il lui a mis leur couverture, et une pierre pour que ça ne s'envole pas, pour qu'il n'ait pas froid encore. Et il s'est assis sur leur sac, à côté de lui.

« Ah mon Totem. Si tu savais, si tu savais comme je suis désolé. J'aurais pas dû leur faire confiance. On se l'est suffisamment dit toi et moi qu'il fallait se méfier des hommes. J'aurais pas dû aller dans leur foutue file pour les camions. J'aurais dû nous cacher. Mais j'ai pensé que peut-être on pourrait mieux vivre ailleurs toi et moi. Je voulais mille choses majestueuses, pour nous. Mais j'aurais pas dû. Je nous aurais cachés. Ils n'auraient pas su qu'on existait. J'aurais dû mieux te protéger mon Totem. Tu te fiais à moi. Tu te fiais à moi… »

Il lui parle. C'est un Totem, c'est une âme, ça entend tout même après. Ça entend forcément tout même après que le corps se raidit.

« Excuse-moi. Excuse-moi. Si tu savais comme je m'en veux… Si tu savais comme tu me manques, déjà… Même si je sais que tu m'écoutes hein… »

Ses mains sont rouges. Son visage pleure mais il n'y a plus personne pour lui lécher ses larmes. Il porte sa main à ses yeux, et les larmes se teintent du pourpre d'un Totem.

Les camions sont partis depuis longtemps. Il se lève. Et s'en va, sans son sac. Il disparaît. Totem était tout pour lui.

The holy birds catch the wind

Elles sont dehors. Manon tient la toute petite main de sa fille, elle s'empresse et Jeanne a du mal à suivre.

« Tu veux que je te porte ?

— Non, je veux marcher comme toi.

— Mais on doit se dépêcher vraiment Jeanne...

— Je veux marcher. Je suis grande.

— D'accord... Mais dépêche-toi... »

Jeanne accélère, comme elle peut. Elle fait plus de pas que sa mère, elle court presque dans la succion de la neige boueuse. Avec l'écharpe et le bonnet, on ne voit que ses yeux sérieux et une mèche blonde qui volette.

Il est tard déjà, certains camions viennent de partir, mais c'est encore la cohue. On pourrait se croire sur le quai d'une gare d'un départ en vacances ; si les bagages n'étaient pas bourrés à craquer, avec des casseroles ou des bibelots qui en dépassent, et ficelés pour ne rien perdre ; si tous ces visages n'étaient pas aussi inquiets ; s'il y avait un sourire ou deux qui traînaient.

Elles marchent et Manon aussi a le visage clos, et les yeux qui se méfient, qui furètent.

Là il y a de la neige qui n'a pas été bouleversée, et Manon en a jusqu'aux chevilles, l'enfant jusqu'aux genoux, alors sa mère la soulève pour les quelques mètres infranchissables, et puis elle ne la repose pas. D'un mouvement répété de l'épaule, elle envoie le sac dans son dos, et c'est comme si elle déplaçait là leur passé.

« Mais je veux marcher.

— Non Jeanne... Après, dans la file, tu marcheras...

— Ça va durer combien de temps dans les camions.

— Je ne sais pas... Mais longtemps, sûrement...

— Et ensuite, il va se passer quoi.

— Je ne sais pas Jeanne... »

L'enfant veut que tu connaisses l'avenir, il voudrait que tu prédises toutes les secondes suivantes.

Manon avance sans rien voir d'autre que ce paquet qui est sa fille emmitouflée, qui est son trésor, son fardeau, son souci son cap. Elle se cogne à des gens, ils pestent. Elle a mal au dos aux bras au cou, les douleurs de toutes les mères. Elle penche un instant la tête sur le côté, pour voir où elles en sont. Elles arrivent dans leur file, Manon repose son enfant. Elles piétinent. Jeanne regarde à ses pieds comme d'habitude, et à cela la guerre ne changera rien. Elle pèse sur la main de Manon, pour un débris qu'elle a remarqué, et qu'elle veut attraper.

« Jeanne ?

— Je ramasse juste un truc. »

Elle a des pensées, de grandes considérations d'enfant cherchant le sens dans des détails. Elle se dit que jamais on ne saura si on a posé le pied sur absolument tous les recoins du sol de la Terre. Elle ne saura jamais si ce caillou qu'elle vient de ramasser a déjà été foulé par son père, une fois, même il y a longtemps. Elle ne le saura jamais. Le caillou lui le sait, elle va l'interroger. Jeanne pense à ça. C'est ce genre de pensées qui l'absorbe lorsqu'elle se retire du présent.

C'est un caillou plat et pâle, avec une entaille sinueuse. Elle l'a posé contre son oreille, et elle l'a écouté. Et puis elle l'a mis dans sa poche. En un instant, elle lui a insufflé du sacré.

Car qu'est-ce que le sacré, si ce n'est une histoire dans laquelle puiser des forces ?

Qu'est-ce que le sacré, si ce ne sont des légendes que l'on élève et qui nous survivent ?

Sans s'en rendre compte, Jeanne vient d'en inventer une. Celle d'un caillou qui lui a dit, du fond de sa matière des confins de tout, qu'il connaissait son père, qu'il l'avait senti se poser sur lui une fois, et qu'il y avait maintenant un peu de ce père en lui. Et que, si elle écoutait très bien, très attentivement, elle l'entendrait peut-être. Elle est dans la nécessité de la magie. Elle l'invente. Elle rebâtit des repères, avec un caillou.

Un fracas retentit. La foule se démonte comme un troupeau secoué, tout le monde se met à courir dans tous les sens, ne sachant par où disparaître. Dans ce désordre quelqu'un pousse Manon, elle tombe et lâche la main petite. Elle n'arrive pas à se relever, des jambes la rabattent vers le sol à chaque tentative. Quand elle y parvient enfin, elle ne trouve pas Jeanne. Elle la cherche, ses yeux s'affolent et ne se fixent nulle part.

Elle agrippe des cols et des manches, elle leur crie : « Tu n'aurais pas vu ma fille ? Tu n'as pas vu ma fille, elle est petite, elle porte une écharpe et un manteau noir, et un bonnet, elle est blonde ! Non ? Non ? Et toi, toi, tu as vu ma fille ? Je cherche ma fille, tu l'as vue ? Elle porte un bonnet, un gros bonnet marron ! Non ?... »

Dans l'extrême on se tutoie, dans l'urgence on tutoie ceux qu'on ne connaît pas.

Personne ne l'a vue. Chacun est à sa propre panique. Chacun est à sa peur. Chacun est à sa fragilité.

Manon regarde le ciel, et elle lui mentirait si elle disait qu'elle lui faisait des prières quotidiennes. Elle a le visage levé vers lui, elle espère que c'est un peu une prière, de celles qui conjurent, de celles qui supplient. Elle espère que cela parvient quelque part. Elle sent des épaules qui la heurtent, mais elle ne bouge pas. Elle est là, la tête tournée vers le ciel, au milieu d'un monde devenu fou. Et puis elle entend quelque chose ; c'est tout faible et c'est loin.

« Maman ! »

Maman c'est un mot qui appartient à tout le monde, mais qui n'appartient qu'à elle. « Maman » est proféré, et ce mot ne peut désigner qu'elle. Dans cette foule, cette maman nommée de loin, reconnaît que c'est son enfant qui l'appelle. Ce n'est pas à la voix qu'elle sait ça, c'est à autre chose, à la manière de prononcer, à l'inflexion ; à toute la soif qu'il y a dans ce mot.

Manon se retourne, Jeanne est là-bas, ça court devant, ça court partout, mais elle ne la quitte plus du regard, on la heurte sans cesse mais elle ne dévie pas de sa trajectoire pour la rejoindre. Et quand elle l'atteint, elle s'écroule sur ses genoux, hébétée ; elle la prend dans ses bras, elle l'embrasse plusieurs fois, au milieu du front, à l'endroit du signe de croix et du *tilak*, à l'endroit de toutes les bénédictions.

« Jeanne, Jeanne ! Ma Jeanne ! »

Quand un enfant tombe il ne pleure pas toujours tout de suite, même s'il s'est fait très mal ; il inspecte d'abord les visages de ses parents ; s'il y décèle de l'inquiétude, alors seulement il pleure parce que *c'est grave* ; puisque ses parents s'affolent, c'est que c'est grave un peu, c'est qu'on peut pleurer. C'est le parent, la jauge de la gravité. Jeanne n'est pas tombée, mais c'est pareil. Elle a eu peur terriblement, avec tous ces gens qui courent, elle était toute seule.

« Tout va bien Jeanne, je suis là, je suis là... »

Elle fouille le visage de sa mère ; elle ne pleure pas.

« J'étais là mais tu m'entendais pas.

— Je suis si désolée... Je ne te lâcherai plus.

— Plus du tout.

— Plus du tout.

— Plus du tout d'accord. »

Manon embrasse encore le front de Jeanne. La foule s'agite toujours, ce sont des oiseaux qui ne peuvent pas s'envoler. Elles sont ensemble, c'est tout ce qui compte. Et Manon ne le voit pas venir, cet homme qui s'abat sur elles et empoigne le sac ; les anses pourries cèdent tout de suite, elle happe la toile beige mais le type lui donne un coup de pied en plein ventre, et il emporte déjà toutes ces choses choisies qu'elles sauvaient.

Il aura couru longtemps. Il videra le sac, il en répandra le contenu par terre. Les économies, les créoles, la boîte de sardines, il les fourrera dans son manteau. Il éparpillera tout le reste, en vrac. Le Gaga. La bonne étoile du bol. La casquette de Louis. Tout. À quoi rêvent les vautours ?

C'est déjà anonyme, ça ne signifie déjà plus rien. Il ne sait pas ce qu'il dissémine, ce que cela représentait.

Manon n'est pas allée à sa poursuite, elle avait reçu le coup et elle n'arrivait plus à respirer, et il y avait Jeanne qu'elle n'allait pas lâcher une seconde fois, et il est presque midi.

Elle sanglote sur tous ces objets qu'elle avait élus afin de raconter leur passé à sa fille, afin de le lui transmettre ; sur tout ce que cette guerre change et prend, et détruit. Elle pleure mais elle se relève, elle tient la main de Jeanne si fort qu'elle pourrait la briser… Elle voit maintenant d'ici, là-bas, la cause du tumulte : un chien, qui a été abattu, elle ne sait pas pourquoi. Elle voit son maître penché sur lui, dans le désespoir de la perte. Il répète « non non non non non non non… » On dirait qu'il psalmodie.

Elles sont les dernières.

« Votre nom ?

— Manon et Jeanne, Perrin.

— Sur la liste vous êtes trois.

— Mon mari a été tué, sur la place...

— Je suis désolé... Vous n'avez pas de bagage ?

— On vient de me le voler...

— ... Je vous aurais bien dit de retourner chez vous chercher des affaires si on avait encore le temps. Mais on va partir tout de suite.

— Je comprends... »

Le soldat aide Jeanne à monter dans le camion. Manon grimpe aussi, et prend son enfant sur ses genoux.

On entend quelqu'un chanter, ça vient d'en haut, d'une fenêtre d'un immeuble. On ne comprend pas les paroles, c'est dans une langue slave. C'est Marek.

C'est comme s'il était en train de fabriquer une lyre avec une seule corde ; et la mélodie qui en sort, ce n'est pas forcément beau, mais c'était tellement sincère.

Certains se demanderaient ce que veut cet être sur sa colline qui s'entête dans son rôle. Et pourtant, son chant, et la lumière à sa fenêtre, sont un fanal comme un autre, une paix qui tient bon. Et celui qui ne pose aucune pierre en offrande à l'autel du chemin, n'y pourra rien comprendre.

Le camion démarre.

Manon lève son regard vers cette fenêtre qui chante. Elle dit : « Au revoir, berger des lustres. » Et elle se met à chanter aussi. Elle couvre leur exode de ce chant qu'elle emprunte.

Jeanne glisse quelque chose dans la main de sa mère. C'est le caillou qu'elle avait ramassé tout à l'heure.

Table

14001

Composition
NORD COMPO

Achevé d'imprimer à Barcelone
par CPI Black Print
le 10 décembre 2023

Dépôt légal janvier 2024
EAN 9782290397831
OTP L21EPLN003605-618001

ÉDITIONS J'AI LU
82, rue Saint-Lazare, 75009 Paris

Diffusion France et étranger : Flammarion